世界青少年大奖小说

墙纸下的秘密

IL GENIO DELLA MATEMATICA

〔意〕罗伯托·莫吉斯◎著
〔意〕西尔维娅·克罗奇基◎绘
王烈◎译

陕西新华出版·未来出版社

·西安·

著作权合同登记：陕版出图字 25-2023-269 号

Text by Roberto Morgese
Original cover by Alice Beniero
Internal illustrations by Silvia Crocicchi
Layout and Editorial Work: Sara Signorini and Nicolò Porro

The Publisher has done everything possible to identify the holders of image rights on page 72 and therefore remains available of any entitled persons.

© 2021 Mondadori Libri S.p.A. for PIEMME
© 2024 for this book in Simplified Chinese language – Shaanxi Future Press Co., Ltd.
International Rights © Atlantyca S.r.l. – Corso Magenta, 60/62 – 20123 Milano, Italia – foreignrights@atlantyca.it
www.atlantyca.com
Original Title: Il genio della matematica
Translation by: Lie Wang

图书在版编目（CIP）数据

墙纸下的秘密 /（意）罗伯托·莫吉斯著；
王烈译 . -- 西安：未来出版社，2024.1
ISBN 978-7-5417-7628-1

Ⅰ.①墙… Ⅱ.①罗…②王… Ⅲ.①儿童小说—中篇小说—意大利—现代 Ⅳ.①I546.84

中国国家版本馆 CIP 数据核字（2024）第 009663 号

墙纸下的秘密

QIANGZHI XIA DE MIMI　［意］罗伯托·莫吉斯◎著　　［意］西尔维娅·克罗奇基◎绘　王烈◎译

社　　长	李桂珍	总 策 划	马　鑫
执行策划	王雷颖轩	责任编辑	王雷颖轩
装帧设计	许　歌	排版制作	未来图文工作室
技术监制	宋宏伟	发行总监	何华岐
出版发行	未来出版社（西安市登高路 1388 号）电话：029-89120506）		
印　　刷	西安五星印刷有限公司	开　　本	880 mm×1230 mm　1/32
印　　张	5.25	字　　数	70 千字
版　　次	2024 年 1 月第 1 版	印　　次	2024 年 1 月第 1 次印刷
书　　号	ISBN 978-7-5417-7628-1	定　　价	29.80 元

版权所有　翻印必究（如发现印装质量问题，请与出版社联系退换，电话：029-89122930）

C目录
Contents

献给我心中的数学：

日日研习

定理和证明

变量和推理，

带给我无限的快乐

1
家就是家！

一个家永远都是一个家!

我不是要说一个家可以是两个家,一个就是一个,数学是客观的不是阐述自己的观点。我想说家就是和家人一起住的地方:客厅、卧室、卫生间、厨房,幸运的话你还会有自己的房间。

所以不管是在哪里,你和家人一起住的房子就是你家。

不过"房子"和"家"还是有区别的。

"房子"不一定就是"家"。不想理会外面的事情时可以在家里随便找个地方待着什么都不做,它是你和爸爸妈妈、兄弟姐妹共享的"巢",那才是"家"。就算某天诸事不顺,感觉很不舒服,那你也知道到家就好了,在家里就可以放松下来,从家里的窗户或阳台望出去,外面的世界也会变得亲切而友好。家让人安心,从家里往外看,一切都祥和而宁静。

在家里,你知道打开冰箱或橱柜就有好吃的,可能还会是妈妈和外婆一起做的解馋小零食,放在那里就是给你吃的，当然你的兄弟姐妹也可以吃。还没品尝笑容就已经出现在你的脸上，因为那种"家的感觉"会首先让你心里暖暖的，之后才是美味的食物让你大饱口福。

在家里你熟悉每一寸地方，知道每个房间、每件家具的具体尺寸，当然不是说真的量过，只是说你的身体已经十分了解这个家了。就算晚上起来上厕所没开灯也不会撞到东西。桌子在这里，沙发在那里，门把手这么高，电灯开关那么高。当然，睡前最好不要看恐怖片。我不喜欢看恐怖片，因为那都是瞎编的。我喜欢有道理、可以证明，像数学一样讲逻辑的东西。恐怖片里总会莫名其妙地突然出现根本不存在的怪物或杀手。

最重要的是，家里的每一样东西、每一个角落都有你的故事，像镜子一样反映着你的生活，让你想起每天的日常。比如要从哪里拿碗碟摆上桌，从哪里拿包装礼物用的丝带和透明胶布，从哪里拿螺丝刀给爸爸，用完的计算器要放回哪里。

家还会默默让你想起那些美好的时光，比如看到一个小朋友就想起搬来意大利北部之前的朋友们，看到那张过节的彩照就仿佛能听到大家的欢笑。还有爷爷奶奶年轻时的黑白照片，每次他们来家里都会讲起拍照那天的事，就像从来没讲过一样。

家里还有些东西没摆在外边，但你知道就在某处，那是关于你、关于家的事情，比如存放小学所有成绩单的文件夹，它标志着一段无忧无虑的快乐时光结束了。

我觉得家就是这样的地方。

我的家，之前的家，就是这样。

靠近海边，自然环境很好，一排排树木郁郁葱葱，树后也可以看到工厂。

原来的房子里我没有自己的房间，但感觉整个家都是我的，包括小院子，晚上我总和伙伴们在院子里玩儿。那个家并不豪华，也没有现在这个大，但环境更好。现在这个家感觉像在工地上，选这里也是因为没有别的选择了。我们重新装修了一番，拆掉旧墙纸，重新粉刷墙面，扔掉破烂的旧家具，清理阁楼，修理漏水的管子……爸爸从都灵[1]下班回来就会努力布置,让新家更舒适,更像家。我们之所以会搬来都灵近郊,就是因为爸爸终于在都灵找到了工作。

他不容易,我们也别无选择。他得知自己被工厂录用的那天,就在晚饭时说:"我搬去皮埃蒙特[2],你们留在这里吧。"

"绝对不行,"妈妈马上就说,"一起去,一家人就是要在一起。"

没人敢反对,只要她决定的事情别人说什么都没用。

如果不那么思念老家,也许住在这里也不错。但我做不到,我把太多的东西留在了南方,原来的房子,还有与爷爷奶奶、外公外婆、小伙伴们一起相处的美好时光,学校以及我习惯的一切!

好吧,迟早都要适应,希望能适应。但现在就是感觉很难受,别再有复杂的事情了,别再给我出难题了……我指的可不是数学!我很喜欢数学题!其实从南方搬来

---

1 都灵:意大利第三大城市。位于意大利北部。
2 皮埃蒙特:意大利西北的一个大区。首府是都灵。

北方的唯一好处就是在这里遇到了一位痴迷数学的老师。

不过喜欢数学的同学似乎并不多，按数学的严谨说法，有且仅有一人和这位老师一样喜欢数学，那就是我。

新同学都说完全搞不懂数学，我觉得不是搞不懂，只是不愿费脑筋思考或计算，或是怕弄错出丑。这也正常，解不出数学答案的时候最容易让人觉得自己很蠢。

谁都遇到过这种情况，就算我那么喜欢数学也不是每一次都能立刻解答出来，有时也很费劲，一错再错才能找到正确的思路。

也许这正是我现在该做的：找到正确的思路，适应新的环境、新的家。也许未来一切都会慢慢进入正轨。

2
锻　　炼

从南方搬来北方还有另一个好处：游泳更方便！

我特别喜欢游泳，但在老家只能去海边，天冷的那几个月就不能下水，只能站在沙滩上看看，最多用脚踩踩水，期待着艳阳高照的日子。到春天阳光才会炙热起来，于是四月前我都只能静静地看着海浪，想象着自己开心地游到两百米外的礁石那里。

终于能下水的时候，我喜欢计算要游多少下才能游到礁石那里。爸爸和我一起的话我们还会比赛。

每次我都要比他游更多下。

"那当然，我比你高，胳膊也比你长，所以划水的次数就少。"他每次都这样解释。

我努力靠近他的划水次数，用腿蹬水，给每一次划水助推。

"但这样你就要花更多的时间，因为速度变慢了。"他告诉我。

"那这问题无解啊！"我埋怨道。

他微笑地抚摸着我还湿漉漉的头发，说："所有问题都有解决办法。"然后又说，"只不过不能总靠计算，不是所有问题都能用数学解决。"

"那怎么办？怎样才能用和你一样的划水次数到达礁石那里？"我问道，因为搞不懂这个难题，不知道不靠数学怎么解决。

"怎么？你还没明白？这样怎么能算是数学好啊？"他笑着对我说，"要考虑另一个变量。"

"变量？什么是变量？"

"就是对计算及其结果都有很大影响的东西。"他微笑着站起来，走到海边，准备再次下水。

"到底要考虑什么啊？"

"成长啊！"他感叹道，"你还会长大，等我们一样高了，你就会发现划水次数也一样了。"

"原来是这样啊！"我恍然大悟。

"但在那之前，肯定都是我比你划水的次数少！"他说完之后又跃入海浪之中，我也马上愉快地追上去。

我想念大海，想念和爸爸、和好朋友一起游泳的时光。

不过在都灵这里全年都可以去一个很大的奥林匹克游泳馆，刚搬来时妈妈就给我报了名，就是为了让我感觉搬家没那么难受。

我在游泳馆认识了几个和我差不多大的孩子，每周和他们一起训练两次，可惜他们太爱竞争！他们对结果非常在意，以至于失去了游泳的乐趣，只想着完成教练要求的圈数，只在意路程除以时间，也就是速度！

我喜欢计算，但在这种时候更在意其他能影响结果的"变量"。

"真厉害，200 米 2 分 30 秒！"其他人经常互夸。

我在想到底是不停地竞争还是互相帮助更有利于我提高游泳成绩。

人们总说痴迷数学的人都很孤僻，尤其是大数学家。他们喜欢独来独往，迷失在数字和逻辑的世界中。我却在大数学家的传记中发现，最好的思考者都会倾听和参考同行的成就，这样才能做出成绩。就算独自奋斗，之后也要提炼综合，最终提出新的数学理论。

　　我很认同这样，我自己的性格也如此。我喜欢友好互助的氛围，而不是一直比赛，一定要超过别人，在泳池里也一样。

　　不过，另一个变量会抚慰我的心，它不是数学，我也很难控制。

　　就是爸爸在沙滩上提到的：成长！

　　这需要时间，但我有信心，我们迟早会从只注重成绩，转变为我更认同的大家能够彼此交流，互帮互助。那样，我们就能战无不胜了！

3
另一种锻炼

"最重要的就是解题！"艾蓓老师又对着我们重复，"要把数学弄明白，就要专注于解题。"

她笃信此话，再三对我们强调，还给我们布置了许多题目。她认为要真正理解就要学以致用，这样才能明白运算、速算、分数、几何、作图之类的用处。初一这年她教我们数学和科学，我很开心。

我的小学老师叫莉希雅，教几乎所有科目，至少所有主科，但很明显她最喜欢语文，尤其是诗歌，几乎每天都教我们一首诗，还经常让我们写诗。

我也不能说讨厌，但如果让我在做趣味数学和写押韵诗之间选一个，那我肯定会毫不犹豫地选前者。

不过我现在的同学们都更喜欢语文老师伊娥勒，她很像我小学的莉希雅老师，只是伊娥勒老师更偏爱童话故事，一直让我们读，让我们写。我很喜欢把大家耳熟能详的经典搬到现实中，因为我喜欢实在而有逻辑的东西。于是灰姑娘成了贫穷失业者的女儿，通过学习最终成为了著名的作家；白雪公主则是遭受虐待的孩子，被著名的男影星救了。我们还要在全班同学面前朗读自己的作文，这是最可怕的，让我有点儿尴尬。和班上其他人不一样，我几乎只会改写童话，别的能不写就不写，成绩足够就行了。我的语文分数还不错，因为很少写错字，但在想象力和创造力方面就……不太擅长，不过至少作文都是我自己想出来的！

伊娥勒老师从第一天起就让我们学写记叙文。刚上第一课，她一进教室就明确地说，初一这年她的目标就是让我们多多写作。

所以刚上第一课就可以知道接下来几个月会是什么样，全是命题作文加朗读，因为每周伊娥勒老师的课最多。不过就算在南方，在我美丽的老家卡拉布里亚[1]，小升初后估计也是这样。

"单纯的数字也很令人着迷啊，您不觉得吗？"某天我对艾蓓老师说，几乎是在找安慰，因为伊娥勒老师一直布置作文，让我很累。

1　卡拉布里亚：意大利南部的一个大区，相当于中国的省。

我更喜欢单纯的算术，而不是小学高年级的应用题。我以为（或者说我希望）升入初中后会更偏纯算数和代数，我经常和爸爸一起研究代数。

艾蓓老师回答道："你说的也对，但我想班上和你一样单纯热爱数字的同学应该不多。如果不把题目编好，不让他们的脑子动起来，他们就更不愿意做一连串的计算了，还会犯下一大堆粗心大意造成的错误。"

"但是有本书里说……"我想说服她，但她根本不让我把话说完。

"是，我知道，书里说得很有意思，有个数学精灵给人出算术题，但那是书里，我们班的实际情况是许多人遇到单纯的数字题很容易气馁，一步错步步错，根本做不出来！"她停顿了一下，又接着说："唉，玛丽亚，我很乐意和你再聊聊这个话题，但现在我们要抓紧时间，要学的可多着呢，我们学校的初三毕业考试可是非常严格的。走吧，我们赶紧去教室上课吧！"

她就这样草草结束了我们的对话，然后好像是为了换换脑筋似的，走到教室给大家出了一道奇特的她所谓的"大脑体操题"。

她把题目写到电子白板上，高昂着头说："同学们，不要以为在健身房里、在足球场上、在泳池里才是锻炼，大脑也要锻炼，别整天打游戏！"

打游戏也是老师痛恨的点之一，她称之为"电子上瘾"。我不会花很多时间打游戏，但时不时也会打开一个玩玩，尤其搬来皮埃蒙特之后，在线手游成了我和新同学拉近关系的方法。离开卡拉布里亚之前爸妈给我买了个手机，不过我主要还是用它来和老朋友保持联系。

在我看来，那天艾蓓老师出的题比手机上的格斗和冒险游戏有趣多了，奇特到几乎全班都愣住了。题目是这样的：

一块砖的重量等于200+半块砖，那么一块砖加半块砖重多少？

老师带着得意的语气说："怎么样？你们能算出来

吗？"我们面面相觑，她每次出难题都会说"怎么样"，所以我们背地里都叫她"艾怎么样"老师。

有人因此咯咯笑了几声，不过老师误以为是紧张尴尬的笑。大家意识到这题没看上去那么容易时全都有点儿慌，特别是老师又说："给你们十五分钟！十五分钟之后还没算出来的话，再布置一道逻辑题。"

"200什么啊？克？千克？"大家纷纷开始忧心忡忡地提问。

我从一开始就看出来单位不重要，这道题无关实际重量，是我偏爱的单纯数字运算，也许是艾蓓老师终于愿意照顾一下我的喜好了。

同学们开始瞎猜，或者在草稿纸上胡乱算。我大胆提议分小组讨论，一起解题。老师同意了，说："当然可以！"

这学期开始的几周都是复习，这是老师出的第一道真正考验人的题目，我也由此获得了一个班里同学起的称号——"解题能手"，能破解"艾怎么样"老师设下的难题。

同学们看着我们组又写又算，很快得出了答案，而他们还一头雾水，羡慕而惊奇地看着我们得意的表情。于是我们悄悄把答案传了出去，同学之间要团结互助嘛。

"你们怎么算出来的啊？"他们问我们。

"是玛丽亚算出来的。"我们组里的人回答，这让我对自己的数学能力非常自豪。"她画图给我们看，我们一下就明白了。"

"太厉害了！"旁人又说，好像这是什么了不起的事情似的。

最后马可说："玛丽亚，从今天起我们任命你为'计算委员'！"

就这样，我正式成为了初一（2）班的一员。

砖块问题

在这题中实际的重量单位对于解题并不重要，这是一个数字问题，单位是克或者千克都无所谓。

静下心来好好审题，然后用简单的图形表示出来即可。

我们再把题目读一遍。

一块砖的重量等于200+半块砖，那么一块砖加半块砖重多少？

一块砖重200+半块砖，即：

一块砖

| 200 | 半块砖 |

如果一块砖去掉"半块砖"，那还剩200。

这200不管是什么，都是一块砖的二分之一，即半块砖。

$200 =$

半块砖重 200，那一整块砖就重 200 的两倍，因为两个一半应该是一样的，即：

那一块砖加半块砖重多少？

只要再加上半块砖，也就是 200，就可以了。

一块砖加半块砖

200	200	200

于是一块砖加半块砖就重 600。

4

陷阱

面对数学题，我们经常一上来就会想有没有陷阱，好像解密特工信件似的，没用正常的思路。实际上完全不该这样，解题只要不畏难，镇定地分析已知条件就可以了。

但对于艾蓓老师出的题，还真要时不时看看是不是有陷阱。比如那个砖块问题，确实有点儿绕，说了一半砖是200，而另一半依然叫"半块砖"，让人很迷惑，但其实不难。

寻找这种陷阱很让我兴奋，我喜欢找到它们，消灭它们，但我也得承认班上大部分人都不喜欢，所以现在一有新的数学题，所有人（是真的"所有人"，班上所有同学）都会看向我这里，示意要和我一组。

一天早上，艾蓓老师来到学校，脸上挂着令人忐忑的笑容。我们都觉得她随时会拿出新编的数学题，但没想到她只给我们出了一些小学三年级的题，以致于大家一下子同时做了出来。反正我们都觉得很容易，没怎么思考就得出了答案。

这次没人找我对答案，不过我傻兮兮地掉进了陷阱里，老师都一脸惊讶。我得承认，很惭愧没有想周全。

第一题是这样的：

有一条 7 米长的绳子，如果剪成 1 米的小段，每天剪 1 米，要几天才能剪完？

我们所有人都十分肯定地答道："7 天！"

第二题是这样的：

一只蜗牛沿着 5 米高的墙往上爬，每天爬 3 米又往下掉 2 米，经过几天才能爬到顶？

我们异口同声地喊道："5 天！"

"怎么样，"老师话中有话地说，"你们太着急了吧？"

我们失望又不可置信地看着她，思维缜密的数学老师是不是也搞错啦。

艾蓓老师让我们拿出纸和笔，把题目画在纸上，看是哪里出错了，她说这错误很有意思。

题目看似简单，可是犯的错也蠢到家了。过了一会儿我才发现题目有迷惑性，如果像上次一样用画图的方法，那我肯定第一次就能做对。

"这些题目您是从哪里找的啊？"课间休息的时候我问老师，"是您自己想出来的，还是在某本书上看到的？"

"有些是我自己想的，有些是我从网上找的。这两道简单的题……"她朝我狡黠地笑笑，"是在我很喜欢的一本小书上看到的。"

"图书馆里有吗？"我马上来了兴趣。

"应该没有，不是新书，现在也几乎没人看。市面上应该也没有了，原版更找不到了，真可惜，这本书里有各种数字题，是一个著名的意大利数学家写的。"

"真棒！"

"里面有各种类型的练习，我选的都是好玩儿的、适合你们的。"老师说，"但我们也不能总玩儿数字游戏，如果班上的同学没学会解应用题、几何题，甚至连简单的四则运算都不会，那后面的学习将会特别吃力。"

“这些我都会了啊！”我抗议道。

“别自满哦！数学之所以美，就是因为它每次都能让我们挑战自己。以为什么都会了其实是什么也没学到。”

我有些脸红。老师说的对，我就是因为太自满，解那两道题时才会掉进陷阱里。

不过，如果每天都能做这么好玩儿的题目，也许会有更多同学对数学感兴趣，更愿意做题。把计算和解题当成小小的挑战很有意思，尤其小组一起研究的时候。

我把这个想法告诉了艾蓓老师，她不置可否。不过那天还是有一些效果的：大家对那两道题的答案印象深刻，许多人回家后又把题目在脑子里过了一遍，然后讲给家人，让他们解答。

而我心里惦记的却是别的事情。骑车回到新家，我要花整个下午处理房间里的旧墙纸，我要在这里安顿下来。这墙纸是之前的主人贴的，我不知道他是谁，也不知道他在这里住了多久。

两道 "简单" 的题

就算这两道题有"陷阱"，也可以通过画图来解题，这样问题就迎刃而解了。

有一条 7 米长的绳子，如果剪成 1 米的小段，每天剪 1 米，要几天才能剪完？

我们一起来剪绳子：

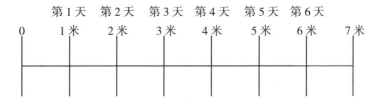

第 6 天绳子就剪好啦！

一只蜗牛沿着 5 米高的墙往上爬，每天爬 3 米又往下掉 2 米，经过几天才能爬到顶？

我们给蜗牛每天爬过的有效路程涂上颜色：

第 1 天   第 2 天   第 3 天

第 3 天蜗牛就已经爬到顶啦！

5
墙　　纸

"以前用的到底是什么胶啊？"我边想边用铲子铲下大块的墙纸，想尽快干完这仿佛无穷无尽的活儿。

我和爸爸用专门的解胶剂涂了整面墙，想让墙纸更容易被铲下来，但它可能只对现在的胶起作用，对于不知道多少年前的胶完全不管用。

有时墙纸和墙面之间会有空隙，我就可以清理出一整片墙面，这让人很有满足感，但这种情况很少。不少地方的墙纸之下还有一层更薄的纸，和墙面完全贴合，更难铲。真不明白为什么会有这些纸，好像是随意糊上去的，上面还依稀可见一些字迹，似乎是随便写的笔记。一开始我没在意，只顾着刮似乎永远也刮不完的墙。

"慢慢来，别着急。"妈妈安慰我，"没装修你的房间是因为还有别的地方更需要花钱，不过你也别抱怨啦，钱都花在让你继续学游泳上了。"她有点儿不高兴地看着我。

我不想反驳，但还是有点儿愤愤不平，弟弟吉诺的房间在我们搬来之前就装修好了。

"你也知道肯定不能指望你弟弟动手，"爸妈解释道，"所以就先把他的房间装修好了，还有客厅、厨房、主卧，不然我们就没地方做饭和睡觉了。"

因为我的房间还没装修，所以我只能睡在摆放在穿衣镜和折叠餐桌之间的沙发上。这餐桌还是我们从旧家带来的，准备收拾妥当招待客人用。

我也不是嫉妒吉诺，但五岁的他并不需要一个安静的地方来写作业，可是我很需要啊，而且越快越好。

"不过这样他就可以在自己房间玩儿，不会打扰到你啦。"妈妈又找了个理由开解我。

其实吉诺会黏着我一整个下午。还好这边的上课时间和老家不一样，一周中有几天会上到下午四点，我可以躲开那个跟屁虫。如果还有游泳课，那要面对他的时间就更少了。

今天下午放学之后我倒没有别的事情，就只有铲掉旧墙纸这一件事。

我正在铲一处粘在墙上的笔记，跟屁虫又来了。

"你干什么呢？"他假装随便一问，其实心里特别想和我一起弄。

"你自己看呗。"我没好气地说。

"哦，难不难啊？"他继续细声细气地问。

我突然灵光一现：身边有个人跃跃欲试，我为什么还要这么累呢？

"难啊，难得很呢，这可是大人的活儿！"

如果想让吉诺做某件事的话，这么说最管用。我一直说他是小屁孩儿，所以他绝不放过任何能证明自己是个"大人"的机会，总说："我也是大人。"

我放慢铲墙的动作，对他说："看，这可难了，要把这些都铲掉。"

"让我试试呗？"他试探地问。

他上钩啦，我也不急着收网。我夸张地说："开玩笑吧？这可是很重要的事，爸爸交代给我的，再说这铲子你又不会用，被妈妈看见了我们两个都要挨骂。"

“妈妈忙着收拾院子里的花呢，不会看到的。”他试图说服我。

我假装没听见，他锲而不舍：“哎呀，求求你了。”

“好吧好吧，反正妈妈看不到。”我往窗外望了望说，“但你可别告诉妈妈，她要是知道我们就惨了。”

“我发誓绝不告诉她！”他马上说，还煞有介事地把一只手放在胸前，举起另一只手发誓。

我看了看四周，把铲子交给他，然后在他身后坐下，掏出手机开始和老家的好闺蜜莉娅聊天。

我们聊最近的新鲜事，其实都是她在说。老家也没什么大事，但我觉得很特别，因为她正坐在我们小镇的中心广场，那是我和朋友们会面的地方。我们以前总在镇子的中心广场见面，然后去吃冰淇淋，嘻嘻哈哈地打趣，互相说着学校里的事情或是周末准备干什么。

我想象着他们都围坐在莉娅身边聊天，这让我有点儿伤感。现在时间还早，所以他们可能会一起骑车穿过那一小片泥土和沙子交杂着的田野，最后来到混着碎石的沙滩。他们可能会忍不住想下海玩玩，也许会纷纷纵身跃入海里。

莉娅向我讲述着她的一天，都是一些平常不过的小事，但我却觉得每一刻都独一无二，我好羡慕。不过等放暑假我就能回去啦。

"这写的是什么啊？"吉诺一边努力辨认着墙上的字迹，一边问道。

我放下手机，仔细看着贴在墙上的一页笔记，之前已经清除掉几个。现在我似乎明白了它们的用途：补墙上的坑，让墙纸贴得平整。

"你不是认字了吗？"我故意这样说。他特别自豪能认识几个字，有些还是我教他的。

"但这些我不认识啊。"

那倒是，我都不认识。那些符号如果不是排成一行，就完全像乱写乱画的一样，但看上去确实是一段文字，只不过是我不认识的文字。

"我也不认识。"我边说边歪着脑袋看，吉诺也马上学我歪起了脑袋。

"肯定是天书！"他开玩笑说。之前爸爸看都灵工厂给他的劳动合同时这样感叹，吉诺就学会了。

"说不定真是哦。"我心里有了一个主意。

我感觉这些奇特的文字有点儿像阿拉伯语，于是拍了一张照片发给莉娅："问问哈米德能不能看懂写的是什么。"

莉娅马上回复我："他这会儿没在，我发给他，等他回复了再告诉你。"

如果真是阿拉伯语，那问谁也不如问我的突尼斯[1]同学啊！

"啊！"一声惨叫打断了我的思绪。

吉诺一不小心把手割破了，手被铲子边划了一个小口子。真搞不懂他是怎么弄的，那个边一点儿也不锋利啊。但那一声惨叫，那声我没来得及捂住的惨叫，足够把妈妈引来。

1　突尼斯：非洲北端国家，阿拉伯语为国语。

她一看就知道是怎么回事了，直接带吉诺去卫生间冲洗消毒，还从我手里拿走了手机，不容辩驳地说："这个先由我保管，这样至少你不会再骗弟弟替你干活儿。"

拜拜，聊天！拜拜，莉娅！拿回手机之前我是无从破解那段神秘文字了。

6
"奖　　　励"

没有哈米德的回答，我只好问现在的同学，看看他们能不能看懂这些神秘文字。

"当然能啊！"米丽娅姆[1]毫不犹豫地说。我在课间给她看那页纸，她拿过去，调了个方向："这样看的话，就是阿拉伯文的零到九。"

"你怎么知道？"

"去年小学老师教过，还教了我们其它几个古代文明怎么写数字，旧笔记本应该还在家里某个地方呢。"

第二天米丽娅姆就把她的笔记本带来给我看了。

"太厉害了！"我目不转睛地看着她记的笔记惊叹道。

上面除了有古代的数字，还提到不是所有文明都采用我们今天的十进制，这让我觉得很神奇，但也很怪异，因为人都有十个手指嘛。

"不过角度也不是十进制。"我说，"日常生活中也有非十进制的，比如分钟和小时。"

1　米丽娅姆：一个犹太语名字。这里主要体现出这位同学是不同国籍，知道除意大利语之外的语言。

"老师告诉我们古代天文学家用六十进制。"米丽娅姆说。

然后她又看了看我给她的那张纸，问我在哪里找到这张写着阿拉伯文数字的奇怪笔记。

我告诉她是在我房间的墙纸下面，一层又一层，撕也撕不完，累死了。

"要不我去给你帮帮忙，下午我一般都有空。"

早在"砖块问题"之前，我刚认识米丽娅姆时她就很乐于助人，所以我才去问她。她人很好，大家都喜欢她。她的友善也缓解了我对进入新班级的恐惧，让我更容易融入。我喜欢和她一起玩儿，尽管我们不太一样，外表就不同，她身材高挑，红发碧眼，皮肤很白，鼻子周围还有雀斑。我的身材则和妈妈差不多，对小女孩儿来说算正常，对成年人来说肯定算矮的，皮肤也不像米丽娅姆那么白，是小麦色，头发和眼睛都是深色的，深到发黑。

也许我们还算有一个共同点：都很瘦，但她是完全自然的瘦，我则是因为游泳才瘦的。我这么爱吃，再不运动很快就会变成姑奶奶彼得鲁恰那样的体型。她是我爸爸的姑姑，所有小辈都管她叫"水果团奶奶"。"水果团"是我老家的一种甜食，热量超级高，用叶子把干无花果之类的东西包成圆圆的一大团。姑奶奶就像"水果团"那么圆，也像"水果团"那么甜。虽然大家都说胖人在水里更容易浮起来，但真的胖成一个球肯定对游泳速度没帮助。如果变成姑奶奶那种体型的话我肯定永远也不可能比爸爸先游到礁石，长得再高也没用。

米丽娅姆很外向，对所有人都很热情，我则比较内向，不过我已经在新班级中找到了位置。这既要感谢米丽娅姆的无私帮助，也是因为我能解出"艾怎么样"老师出的难题。

我很乐意接受她的提议，我们约好第二天等我上完游泳课之后在我家见。

我们刚商量好，上课铃就响了。艾蓓老师走进教室，我们又要被"锻炼"了！

"安东尼奥……"我们刚坐下就听到老师说。

大家你看看我我看看你，交换着眼神，仿佛在说最理智、最聪明的老师也开始犯糊涂了吗？

"数学研究得太多了！"肯定有人这么想。

因为班上没人叫安东尼奥。我们看着她，目光里带着同情和对她精神健康的关心，但她一点儿也不在意，继续说："安东尼奥对妹妹路易贾说他的兄弟和姐妹一样多。路易贾说她的兄弟数量是姐妹的两倍。"

我们马上明白了，又是她那种看起来简单做起来难，让人绞尽脑汁的题。她的提问每次都会像炸弹一样被抛出来，冷不丁地出现，炸得整个教室一片绝望。

也许有人会在心里接上一句："怎么样？"但没人敢真的说出来，那会把所有人逗笑。那样艾蓓老师肯定会问我们为什么突然哄堂大笑，这谁敢说出原因！

总之该来的躲不过，我们还没来得及多想，问题就像冰雹一样落下：

"这家有几个儿子，几个女儿？"

教室里一片沉静，我能感觉到同学们求助的目光望向我这边，仿佛都等待我给个答案。不过上次的事之后，我更想谨慎一点儿，小心解题。

我大胆提议："能分小组讨论吗？"

老师点了点头，我们瞬间就聚拢成一组一组。我看到许多人都想到我这边来，艾蓓老师很快拦住，说："最多四人一组！"

我们这组除了我同桌米丽娅姆，还有洛伦佐和威廉。

解题一开始很不容易，我花了五分钟才让洛伦佐和威廉明白这是虚构的。他们非得说安东尼奥和路易贾，兄妹之间不会这样说话，好像两个人都不知道爸妈有几个孩子似的。

"现实中根本不可能有这样的对话！"不擅长数学的威廉气呼呼地说。

"这只是为了让你解题啦。"我对他们说。

"解什么解，我有办法。"他开玩笑地说，"把他们兄弟姐妹都关在一个房间里，让他们自己数清楚，数好了告诉我们不就行啦！"

我们不禁笑了出来，洛伦佐还火上浇油："既然要关，那把'艾怎么样'老师也关进去！"

老师看我们嘻嘻哈哈，又强调了一下课堂秩序，为了让我们尽快投入解题，又说道："限时十分钟，之后还要学代数。没得出正确结果不要紧，把解题过程写下来就行。不专心的组要多做一页习题，帮你们记住这个上午，第一个解出来的组有奖励。"

我们组马上开始解题，试了几次就找到了正确的方法，主要还是靠我。

我高兴地把写着答案的纸交给老师。

艾蓓老师开心地看着答案，悄悄朝我眨了下眼睛。同学们都没注意到，我自己也不太明白是什么意思，但很快我就知道了。

"恭喜你们第一个答对，奖励一道数学题，只由你们来解答。"老师兴高采烈地对我们说，"就是你们这组！"

洛伦佐和威廉脸都白了，米丽娅姆看着他们笑到停不下来，但老师又宣布："回家做！"这下他们全都笑不出来了。

"我就说吧，应该把她和路易贾、安东尼奥关一起，这算什么奖励？"洛伦佐嘟囔着。

我觉得艾蓓老师这么做是想帮我，让我和同学们熟悉起来，但别人恐怕不会高兴吧。

我得想办法让他们原谅我，毕竟我们能解出那道题主要还是因为我。

兄妹问题

这次大家没有通过画图来解题，而是用字母代替数字。我们一起来看看。

安东尼奥对妹妹路易贾说："我的兄弟和姐妹一样多。"

路易贾则说："我兄弟的数量是姐妹的两倍。"

那么这家共有几个儿子，几个女儿？

我们利用已知条件来列方程。

设安东尼奥有 X 个兄弟，Y 个姐妹，由题则可知 X=Y。

于是路易贾有 X+1 个兄弟（加上安东尼奥），Y−1 个姐妹（减去路易贾自己），则有 X+1=2(Y−1)。

因为 X=Y，在上式中用 X 代替 Y 可得：

$$X+1 = 2(X-1)$$

到这里我们就知道要找一个特别的数字，它加1等于它减1的两倍,背后的逻辑是安东尼奥不是自己的兄弟,路易贾也不是自己的姐妹。

满足此条件的数字肯定不会很大，我们可以一个一个试。

如果 X=Y=2，那就有

$$2+1=2 \times (2-1)，即 3=2 \times 1. 错了！$$

如果 X=Y=3，那就有

$$3+1=2 \times (3-1)，即 4=2 \times 2. 对了！$$

所以，安东尼奥有 3 个兄弟和 3 个姐妹，路易贾有 4 个兄弟和 2 个姐妹，这一家共有 4 个儿子（安东尼奥 +3 个兄弟），3 个女儿（路易贾 +2 个姐妹），一共 7 个孩子。

7
卡拉布里亚的味道

米丽娅姆提议刮墙和解题一起，说洛伦佐和威廉也会来帮忙，所以我们就约在我家见面。

等他们的时候我紧张极了，这是第一次有新朋友来我家做客，对我是一种"考验"，比任何数学题都难。我开心的同时也担心出丑，或者烦人的弟弟捣乱。另外我觉得他们要多做题也是因为我，我想请求他们原谅，所以问妈妈能不能准备一些好吃的，妈妈一口答应了。我们搬来之后她还没有机会制作传统点心，这次可以大展身手了。妈妈准备了卡拉布里亚最好吃的特产：蜂蜜裹糖豆、夹心甜面包、曲奇饼干和炸糖饼。

"真是太满足了！"她装满最后一个盘子时感叹道。

甜点摆满了餐桌，都够招待几桌客人的了。我突然有点儿担心，这些东西我会吃到停不下来，但会不会不合我皮埃蒙特同学的口味？我视这些为美味，但同学们可能更喜欢简单的巧克力面包，或者本地经典特色巧克力榛子酱面包。

还好饮料是大众的。不过妈妈坚持要准备香柑水，在意大利只有我的家乡才产香柑。她带了不少香柑糖浆来，小心地保存着，现在等不及要拿出来。

我和他们约好了三点见面。我激动地搓着手，一秒一秒数着。为了有点儿准备，我提前开始解艾蓓老师出的难题，也就是我们的"奖励"。

两个人轮流说一个 1 到 10 之间的数字，逐个相加，谁先到 100 谁赢，要怎么做才能稳赢？

我差不多解出来了，但先不说，因为不想让别人觉得我喜欢单打独斗，不愿一起解题，虽然他们也帮不了什么。其实他们仔细想想肯定也能解出来，但我觉得他们不愿动脑子，尤其是洛伦佐和威廉。威廉还在班上说就算得出了答案也不告诉艾蓓老师，因为害怕她为了表扬我们再"奖励"一道题。

我家买的房子是两层的乡下民房，在村子的边缘，旁边就是上山的路。山上还有其他别墅类型的房子，比我们家房子豪华得多。爸爸通过住在这里的老乡找到了这处房子，说我们买的价格还可以接受，可我觉得好贵，尤其搬来之前看到照片，破破烂烂的，需要彻底修整。所以爸爸妈妈夏天就先过来了，把我和弟弟留在奶奶家过暑假。在爸爸开始去新厂子当仓库管理员之前，他们把房子修整到至少可以住人。

有一天，我说担心房子太贵，爸爸安慰我说："一点点付，最后总能付清，不过需要些年头。"

"你哪里有那么多钱啊？"

"银行借给我的，只要保证还就行。"他又说道。

"银行真好。"

我天真的话让他大笑起来，他带着无奈的语气感叹道："是啊，银行真是太好了！可我要给他们利息！你数学那么好，要不帮我算算？"

我知道爸爸不是真需要我帮忙算，但还是很高兴，他让我参与关系全家的"大人的事"。算过这真实的题目后我才明白，我们要额外给银行一笔不菲的费用，而且要持续很长时间。

不过这个小房子还挺美的。在有点儿褪色的粉红墙面上，漂亮的爬山虎从门旁和门头爬过。小院围绕房子一周，有低矮的围墙和略微掉漆的铁栅栏（爸爸告诉我们开春第一件事就是给栅栏上漆）。一层是厨房、客厅、卫生间，二层是三个卧室，除了我的那间，其他的都已修整好。米丽娅姆说下午和我一起铲我房间的墙纸，但我不知道另外那两个人是否也乐意。

我一直坐立难安，以至于他们走到院子里我才看到。

"好香！"洛伦佐一边左右闻一边说。

甜品的味道飘了出来，听他这样说我悬着的心也放下了，不再担心点心不合他们口味。

我向他们问好，把他们领进屋，然后说："先苦后甜！解完题才能吃卡拉布里亚的特色美食哦！"

"好吧，但如果你再得个'奖励'，那我们肯定不陪你了，就让你的数学陪你吧。"威廉一本正经地说，把大家都逗笑了。

米丽娅姆觉得在漂亮的院子里更好，外面挺暖和，于是我们决定等会儿围坐在旧铁桌旁解题，那四把有点儿生锈的椅子还能坐。这是一幅有些旧但很美丽的画面：室外的小花园，石子小径两侧草木自由生长，已看不出很久之前被园丁修剪过的样子。

不过我们先进了屋，我向妈妈一一介绍同学。

"我叫吉诺！"弟弟突然冒了出来，手里拿个球，和往常一样招人烦。

"对，吉诺，自己玩儿去啊！"我本能地打断他，趁他还没和客人混熟并到处烦人之前，想把他赶紧支开。如果他非要所有人陪他踢足球，不让人干活儿，那就更糟了。

我们坐到院子里，把本子和文具盒放在斑驳的桌面上。妈妈给我们拿来喝的，洛伦佐和威廉表示感谢。不过就是周六下午做做功课而已，他们表现得像要完成什么重大任务似的，如同要穿越大沙漠一般，一定要喝好再行动。

米丽娅姆则像变魔术一样从书包里掏出一个计算器。

"用功没错，但我觉得也不用受没必要的累。"她狡黠地笑着。

我想告诉她不需要计算器，题目我已经研究过了，另外我算术很好。不过我没说出来，小组学习就要做点儿小让步，这没什么大不了。

天气很好，我们在室外热烈地讨论数学题，急切地想找到答案。

我们先假设再验证，还真的玩儿起了题目中的游戏，大家玩儿得很开心。我们很快就解决了那道题，尽管为了简化和加速我给了他们一些提示。

最后我问："你们还觉得数学不好玩儿吗？"

先到 100 者胜

两个人轮流说一个 1 到 10 之间的数字，逐个相加，谁先到 100 谁赢，要怎么做才能稳赢？

这道题要从后往前推。

要保证赢就要抓住 89 这个数，因为之后只有两轮，下一轮最多说 10，这样就加到了 99，然后说 1 就到 100，赢了！

那如何保证能说到 89 呢？还是同样的办法：用想达到的数减去 11。于是保证赢的关键点就是下面这串数字：

$$89-78-67-56-45-34-23-12-1$$

比如，知道诀窍的人先说，说了 1，那另一个人最多可以说 10，加到 11，然后第一个人再说 1，加到 12，另一个人随便说一个数，比如 6，加到 18，第一个人再说 5，加到 23。以此类推，抓住上面列出的数字就一定能赢。

如果对方先说，说了 2 到 10 之间的一个数，比如 5，你就可以说 7，加到 12。

如果对方选择 1 作为第一个数字，那知道诀窍的人就要在游戏过程中想办法抓住上面列出的几个数字之一，然后按顺序走下去，就能保证胜利。

可惜这个游戏只能和不知道诀窍的人玩儿。不过只要对方不知道，那和同一个人也可以玩儿很多次。

日

寻宝

我喜欢数学，这没有什么不好意思的。自从成为班上的"计算委员"，热爱数学就成了我的标签，也让我慢慢被别人接受。他们假装没听到我问数学是不是也很好玩儿，心不在焉地吹着口哨，东张西望。

"怎么啦，你们都不想回答吗？"我笑着追问。

他们嘟囔着，就是不想承认，不想让我心满意足。我听不清他们的话，这时妈妈从厨房窗口喊道："差不多了，可以休息一下，吃点儿东西。"

洛伦佐和威廉像两头看到青草的牛，甩着口水一溜烟跑进屋。两人争先恐后，好像害怕食物被对方抢完一样。我和米丽娅姆走进去时，他们俩嘴里塞得满满的，气都喘不上来。我们大笑起来，他们也笑，喷得满地都是渣。

"恶心！"我和米丽娅姆异口同声地说，他们却笑得更厉害了。

大家都把肚子填饱了，脑子里也没什么事可做，米丽娅姆宣布："该动动胳膊啦！"

她的意思是要帮我刮墙纸。我们上楼去房间，在楼梯上我就发现洛伦佐和威廉挤眉弄眼，看到要干的活儿就说忘了关文具盒、忘了合笔记本，不想小鸟在里面留下"纪念品"，然后就跑了，只剩下我和米丽娅姆。那就开始干活儿吧！

爸爸特意又找了三把铲子，但看来其中两把是用不上了。不一会儿我们就清楚地听见那两个懒虫在喊吉诺传球。足球面前什么都不是障碍，包括年龄。

我和米丽娅姆努力干活儿，她似乎比我更能干。

我们各有长处，我笨手笨脚，她的动手能力却特别强。她铲下一大片墙纸，一张神秘笔记又露了出来。

"看一下……"她说，"你住到这间房子里真是住对了！"

"为什么？"我问。

米丽娅姆把那张纸给我看，上面的字迹模糊不清，但标题大致可以看出：神奇算式。下面列了一系列奇特的式子。

$$11 \times 11 = 121$$
$$111 \times 111 = 12321$$
$$1111 \times 1111 = 1234321$$
$$11111 \times 11111 = 123454321$$

"真不可思议！"这些乘法算式如此规则，我惊讶得合不拢嘴，12345，54321。"这里肯定住过和我一样热爱数学的人！"我激动地大喊。

"或者以数学为生的人。"米丽娅姆说。

"或者研究数学只为好玩儿的人。"我说。

"说到好玩儿，让那两个就知道玩儿球的人也看看吧。"

我们把他们叫了过来，尽管觉得他们可能根本就不感兴趣。

结果他们一下就来了兴趣，可能是因为不用找答案，结果都写出来了，看就行。

但我可不光满足于看，列竖式算了一下，想弄清为什么。

11111，每次往前移 1 位，加在一起就成了这样。

"厉害！"洛伦佐和威廉异口同声地说。

"说不定墙纸下面还有别的！"他们之中一个说。

话音未落他们就开始铲，不过没持续多久。米丽娅姆的妈妈打她手机叫她回家，洛伦佐和威廉之前也说好了要陪她回去，只好先放下不干了。他们让我郑重宣誓不背着他们偷偷干。他们把这当成寻宝了。

我答应了，但忍得好辛苦，被激起的好奇心很难压抑住。我好奇"神奇算式"，也好奇之前谁住在这里，谁那么喜欢数学。

我一定要解开这个谜。

回到厨房，妈妈把手机还给我："用来邀请同学的话，手机还是有点儿用。"

我打开手机，电量也几乎没了，没电之前收到了好多条消息，之后再慢慢看吧，一个个回。

不过有一条引起了我的注意，是莉娅发来的：哈米德说那是阿拉伯文的数字！尽管我已经知道，但还是很兴奋。

阿拉伯文和其他古老语言的数字

数字有着悠久的历史。公元前 3 500 年前后出现了文字，之后人类采用不同的体系来表示数量。古代文明的人知道如何用各自的数学语言来记录物件、商品、人口的数量。

	1	2	3	4	5	6	7	8	9	10
埃及										
巴比伦										
中国	一	二	三	四	五	六	七	八	九	十
玛雅										
阿拉伯	١	٢	٣	٤	٥	٦	٧	٨	٩	٠

玛丽亚在墙纸下发现的是古代阿拉伯文数字。

١٢٣٤٥٦٧٨٩٠

随着时间的推进，阿拉伯文数字的写法也有变化。意大利及世界大部分地区通用的"阿拉伯数字"也一样，这种数字来自阿拉伯科学家及数学家，而他们又是从印度人那里学来的。

9
日常数学

我很想知道前房主是谁，但爸爸完全不知道任何情况，卖房子给他的人从没在这里住过，只是房主的远房亲戚。

这条路走不通，但我不想放弃。

小伙伴又不让我把"神奇算式"告诉艾蓓老师，那我就去问语文老师伊娥勒，她说我可以去市政厅问问，所有房主都有登记。

说起来容易，但妈妈总是在忙，爸爸一直上班，难道要我自己去吗？

还好没几天机会就来了，艾蓓老师和伊娥勒老师组织我们去市政厅参观。我们要先到都灵市区，再经过长长的大道到市中心。

搬来皮埃蒙特之后我只去过一次都灵市区，我很喜欢那里，尽管有些晕头转向。都灵很大，到处是古老的大楼，汽车和有轨电车穿梭往来，人们步履匆匆。我们去了城堡广场，爸爸告诉我旁边是都灵王宫，都灵曾经是意大利的首都，那时意大利国王就住在这里。我们还去看了高耸的安托内利尖塔。

这次和同学们一起，我们直接去了市政厅。老师认识在那里工作的一个朋友，由他带领我们参观。这个人看着脸熟，但我想不起来在哪里见过。他接待我们，还介绍了几个最近一次当选的市民代表，说他们叫市政议员。他还告诉我们市长和市政议员每五年选一次，这种选举叫行政选举。

"如果不是所有人都投票，结果也有效吗？"我好奇地问。

"当然，只有一半人在选举中投票的话，那就一半人代表所有人的决定。"

"这样的话，如果占绝对多数就能当选市长，那就是 25% 的都灵选民再加一个人就能决定谁来管理整个都灵？"

"脑袋瓜真灵光，算得真快！"负责接待的先生惊叹道，"要是我儿子也算得这么快就好了，可惜他没遗传到我的优良基因，没办法。我这个市政厅主任会计每天都和数字打交道，他却四肢发达头脑简单，从来不喜欢计算。"

"我的学生也几乎都一样。"艾蓓老师无奈地说。

我沉浸在对选举的思考中，没注意他们说的这些话。语文老师告诉过我们，少数服从多数是许多民主体系的典型决策模式，但我觉得从数学上说有点儿别扭，这规则似乎还需要修正。

班上其他人看看艾蓓老师又看看我，不明白我怎么那么快就明白了，他们甚至还没进脑子。

"怎么样？"艾蓓老师问同学们，"你们是不是也应该时不时动动脑子？听到玛丽亚说的了吗？"这让我有点儿不好意思。老师接着说："她让我们看到了数学有助于理解身边的事情，比如代表如何选出来，日常生活中数学也有用。"

"但他刚才不是说五年选一次吗？"威廉小声对洛伦佐说，但声音还不够小，被我听到了，"所以也不能说是日常，到时候再看呗。"

　　我是对其中的数学有兴趣，但也需要趁此机会找到想要的信息：房间墙纸下用来补坑的数学笔记是谁的？谁曾住在这个房子里？

　　伊娥勒老师给我出了个主意："可以问问这位先生啊，他可以请市政办公室的人帮忙查查，都灵市区和郊区所有私宅的地契都有存档。"

　　"真的可以吗？"我半信半疑地问。

　　那位先生叫奇雷利，他带我们参观完之后，伊娥勒老师把他和我拉到一边，说了我的请求。

　　"当然可以，玛丽亚，我可以帮你查这些信息，其实你在网上提交申请就可以。不过既然你们已经是现房主，我就帮着查一下，我会把信息装在信封里让朱利奥带给你。"

　　原来是他！我想起来了，他是朱利奥的爸爸。朱利奥是我游泳班上最争强好胜的人之一。他爸爸不常来游泳馆，所以一开始我没认出来，但听到这里我想起来了。朱利奥就是他说的那样，特别在意时间和速度，内部比赛经常是前几名，但很少拿冠军。也许正因为这样，他有时为了显得自己很强就会嘲笑我连季军都拿不到，尽管我游得已经很好了。

我们结束了市政厅的参观，坐大巴回到学校。

上个周六下午之后，我、威廉、洛伦佐、米丽娅姆就形成了一个小团体，我们挨着坐，并约好下周六继续一起玩儿，这次不用享受"奖励"，只有一个目的：看看墙纸下有没有其他"神奇笔记"。

"怎么不继续刮？照这个速度得到什么时候才能完成？"那天晚上爸爸走进我房间对我说，因为他发现和上次相比没多少进展。

我把来龙去脉告诉了他，他明白了我为什么要找原房主的信息。

然后我问他："爸爸，我数学好你开心吗？"

"当然开心啊，玛丽亚，这可是很少见很难得的。"他微笑着抚摸我的头发。

"但我其他方面不好，你有没有不满意？"

"比如说？"

"我也不知道，比如游泳不是班上最快的。"

"傻孩子，每个人都有自己的特长。"他对我说，其实我对比过自己和米丽娅姆就已经知道了。他接着说："没有十全十美的人，一般人通常有一两个强项，你数学很好，游泳也不错，不用非得拿奖牌。当然，如果有朝一日你真的站上领奖台，那……那就庆祝呗。"

"你是世界上最好的爸爸！"我拥抱他。

"但你至少得先和我同时游到礁石吧！"他笑着逗我。

我追下楼梯，笑着喊道不会一直让他赢的，迟早要让他见识见识，下个夏天我就在沙滩上等着，让他瞧瞧我的厉害。

数学与民主

选举是公民参与民主生活的重要时刻。通过投票和选举，全民的代表被选出来。被选出的代表可以为民众做出重大决策。

行政选举要选的是市长和市政议员。收集到一定数量的支持者签名就可以竞选市长，选举在预定日期举行。

投票人数没有最低要求。居民人数少于 15 000 人的市镇只举行一轮选举，得票多者即获胜，只比别人多一票也行。

每个市长候选人都有相应的市政议员团队，投票给他也要投票给这些议员。每人在选票上只能写下一位市政议员的名字，这些议员会按得票数当选。

玛丽亚不知道这些细节，如果知道可能更觉得从数学角度看很有问题。

比如，某小城市有 12 000 名居民，其中 9 000 人有选民资格（居住于此且成年），但可能只有 1/3 即 3 000

人去投票。如果3人竞选市长，很可能每人都只得到不太多的选票，比如其中1人得1 001票而获胜当选，另外2人分剩下的1 999票（假设一个人1 000票，一个人999票，这样也没有获胜者的票数多）。这样选此人为市长的仅占全体选民的大约1/9，居民的大约1/12！

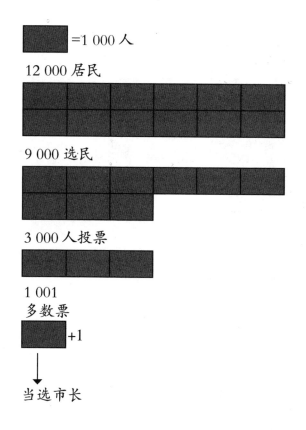

=1 000人

12 000 居民

9 000 选民

3 000 人投票

1 001
多数票

+1

当选市长

都灵人口很多，多于15 000人（实际都灵人口达到

90 多万）。在人口大于 15 000 人的市镇，当选要获得绝对多数，也就是超过半数选票，只比别的竞选者多是不行的。

我们像上面一样用图形来表示。

想象一个类似都灵的情况（假设都灵有 900 000 名居民，其中选民有 675 000 名，占 3/4）。

900 000 居民

675 000 选民

337 500 人投票

168 750+1
超过半数票

↓

当选市长

所以玛丽亚说的对，如果只有一半选民投票，投票人中一半 +1 人选择某候选人，那他就会成为市长，而投票给他的人其实只占选民的 25% 加 1 个人！

如果没有人获得绝对多数，那就要进行第二轮选举，在两个星期之后再次投票，这次候选人只有第一轮中得票最多的两个人。第二轮得票高者获胜，平局则年长者胜。

这种方式下，一个候选人可对应多个市政议员团队，胜出的团队获得市政议会的多数席位，按得票数等比例分配。

由此可见，让尽可能多的选民参加投票十分重要，也许玛丽亚疑虑的点就在这里。如果所有选民都去投票，那选出的市长和市政议员肯定能体现大多数民众的意愿。

积极参与民主生活益处多多，数学帮我们算出来的！

10
过去来信

"加油，注意划水节奏！"教练在泳池边为我们鼓劲，我们在泳道努力游着。

我游得很吃力，不是缺乏训练，只是无法集中精力，到底是什么神秘人物多年前住在我家那个房子里？谁写下了那些算式和阿拉伯文数字？这些疑问在我脑海里挥之不去。

"唉，"朱利奥游完指定圈数后向伙伴们感叹道，"我把自己的纪录又提高了 1 秒 20，但还不够。"

"不够什么？"我问。

"不够登上领奖台啊。"他说，好像这是显而易见的事情。

"成绩已经提高了你还觉得不够？"我问。

"反正足够超过你。"他半开玩笑地说。

"不和你计较，"我笑着说，"反正也没有男女之间的比赛。按照我游的时间和距离，我对自己的平均速度已经很满意了，尽管今天状态不好，因为我在计算一个东西……"

"求求你别说了，我一点儿也不想听。"他马上打断我。

"不就是数学嘛……"我叹了口气，"你和我几乎所有朋友一样。"

"对了，我爸让我把一封信给你。他不停地念叨你数学有多好！说你痴迷数学。我倒觉得你喜欢数学喜欢出毛病了。你一直都这么思考？真的能把一切都变成数学？如果我能像你这样我爸肯定什么都愿意，但我一点儿都不想。"

我听到朱利奥的话又笑了出来："我喜欢数学，这也是我的强项，每个人都有自己的强项。"我借用了爸爸的话，"你游得快，我算得快。"

朱利奥做了个鬼脸走开了，他对自己的优秀感到满意，但同时他也嘟嚷着喜欢数学多么奇怪。

我们在更衣室外又碰到了，朱利奥把信给了我。他正准备走，我忽然想到一个主意。我知道他和我一样也读初一，只是在另一个班。其实他人还不错，只要不故意做一些让人讨厌的事，不执着于破纪录就很好。我想看看他在泳池之外是否还有更好的一面，不那么自以为是的一面。

我想问问他要不要来我家"寻宝"，寻找墙纸下的宝藏。就算他没那么高的热情，至少也能搭把手。

"朱利奥，周六我和同学约在我家寻宝。"

他一脸疑惑，于是我又说："就像比赛一样。"我想引起他的好胜心，"和数学有关，你想来也可以。"

我给他留了地址，他瞥了我一眼，然后做出不感兴趣的高傲姿态，好像在说永远也不会把周末浪费在这种事上面。

"可惜！"我故意说，"有很多零食呢。"

他的眼睛一下子亮了，好像在权衡着"数学"和"零食"的份量。

他好像下不了决心，犹犹豫豫，说了再见就走了，看来应该不会来。

星期六下午我看到他来非常意外。

"你不是说不来吗？"

"首先我可没明确说过不来，其次我一不小心让我爸爸知道了你邀请我来你家。"他嘟囔着，"他非让我来，让我向你多学习，还说我指不定也能变成数学小天才，这显然不可能啊！"

"哎呀，至少我们能一起玩儿啊。"

"你不是说有很多零食么？"

我笑着点点头。

之后其他人也来了，一开始看到有"外人"，他们都很惊讶，但我马上向他们介绍了朱利奥。

大家都没听说过这个前房主，对多年前曾住在这里的这个人一无所知。

我在网上查了也没查到什么，都和数学无关，只是社交网络的同名者，他们的个人简介千差万别，就是没有与数学、几何之类相关的东西。有喜欢足球的少年，有身上纹身的大人，有刚学会上网的老人，还有讲脱口秀的演员。

看来我们得想想别的办法。

"可以问问村里的人记不记得谁曾住在这里。"米丽娅姆建议。

"好主意!"洛伦佐大声说,"我爷爷一直都住在这里,什么都知道。他肯定记得一些前房主的事。"

"你之前就应该想到啊,"威廉说,"这样就不用耽误朱利奥爸爸的时间了。"

"没事啦!"朱利奥马上说,"我爸爸很乐意帮忙,他一听到别人谈论数学,像玛丽亚那样,就会变得很热情,什么忙都愿意帮。你们也知道,他的工作就是和数字打交道。如果是和我年龄差不多的人他就更乐意了,因为我数学不好。"

"那你真是找对人了!"另外两个男孩子说完友好地拍拍他的肩膀。

我们一起笑着带新同学去我房间,告诉他我们要干什么。

"我们可不是喜欢数学,"威廉解释说,"我们就是喜欢解密，想找谜题。"

"说不定是灵异事件哦，墙后有恐怖的……"洛伦佐压低声音说。

"过去肯定发生过什么事，秘密就藏在那些数学笔记里。"威廉突然睁大眼睛，添油加醋地吓唬人。

"或者就是些数学题啦。"米丽娅姆把大家带回现实。

"都留给我解，大方的朋友们。"我咯咯笑着说。

"'神奇算式'在学校也用得上！"米丽娅姆说，"你们知道艾蓓老师最钟情这些，疯狂喜欢。给她几道神奇数学题她能讲一整堂课，教我们解题，那就不用随堂测验啦。"

"这个我喜欢！"朱利奥一下来了精神，"能躲过数学测验就好，找到什么我就用手机拍下来，看看对我的老师是不是也管用。"

我们马上开始干活儿，每个人都用自己的小铲子小心地铲着，免得弄坏花墙纸下的宝藏。

我们一丁点儿一丁点儿地铲，爸爸进来看到，绝望地摇摇头："我看这墙怕是到圣诞节都弄不好了。"

然后笑了笑，他应该看出来了，我们铲墙纸不全是为了修整房间，他向我眨了下眼睛说："这个房间是个正方体，3米乘3米，墙也高3米。如果你们每人每小时弄完半平方米，每周干1次，每次干1小时，一共5人，那就需要……"

"等一下，别说出来！"我打断了他，"你刚出了一道非常有意思的数学题，我要自己算，不用很久。"

我的三个同班同学都笑了，他们已经习惯了我是计算能手。朱利奥则惊讶地瞪大了眼睛，一分钟之后我给出答案时他震惊得几乎要坐到地上了。

"只要 14 个小时多一点儿！"我兴奋地说，结果取了个约等数。

"你……你怎么做到的？"朱利奥结结巴巴地问。

"很简单。"我故作轻松，"问题已经摆在那里啦，算就行了。"

"心算吗？"他显得更吃惊了。

"当然啦。"我略带骄傲地说,也算是"报复"他笑我游得慢。

爸爸却打击了我膨胀的自信心,斩钉截铁地说:"错啦!"大家都愣住了。

"哪里错了?"我吃惊地问。

爸爸先卖了个关子,引人好奇,过了一会儿才解释:"玛丽亚,数学应用于实际时要注意现实情况,比如门窗也占面积,你在计算时没有去除,所以……"

"确实,"我有些灰心地承认,"还有电灯开关的面积和已经完成的面积,我都没去掉。"

"还有,刮暖气片后面的墙纸肯定要花更多的时间。"威廉有点儿幸灾乐祸地说,"而且你算的是我们五个人一起干,可我现在就想去踢球了。"

"我想去吃东西!"洛伦佐还来火上浇油,得意洋洋地说,"总之有许多东西要考虑。"

"行啦!"我有点儿生气又有点儿伤自尊,"你们学得可真快。"

"别泄气，"朱利奥安慰我，"我都不知道你是怎么心算出来的。"

"就是嘛，"大家都微笑着对我说，"你依然是我们的'计算委员'！"

爸爸走了，我们继续愉快地干活儿，又干了差不多一个小时。就在我们以为不会再找到什么神秘物件时，又发现了一样东西，更准确地说是朱利奥在窗户下面发现了一条缝，里面塞着笔记。

"这是什么东西？"他惊奇地看着那条缝问道。

我们赶紧围过去，小心翼翼地把笔记掏出来，先拍照片，如果弄坏了至少还有的看。上面的字迹涂涂改改，好像是一封信的草稿。

亲爱的汉尼拔：

我对你所谓的"思考机器"很有兴趣。你最早研究文学，现在却成了数学家。你努力创造"思考机器"，在这之中我看到了你的愿望：将数学家、科学家的精确思维和文学的感性结合起来。

但我担心实际上无法造出原型机。在这里我尝试将你描述的奇妙设计画出来，它让我想起列奥纳多·达·芬奇的思想发明。你也知道，这些构思有的被后世实现了，有的没有，但就算最终被成功造出来了，成品也没有达到达·芬奇原本的设计效果。有一件事可以肯定：如果将来真有人造出你和我说的"思考机器"，不管是为了好玩儿还是为了有用（你说用电工学的思路组成"思考机器"，我尚不知道是说笑还是当真），那也许我每天在大学教的"亲爱的数学"就无需再继续了。

你的挚友

可惜最后没有签名，但字迹明显和"神奇算式"那页一样。

"原来如此……"米丽娅姆得出结论，"这些笔记是一个大学数学教授的。"

"那还用说！"威廉和洛伦佐异口同声的说。

"但这和我在网上找到的信息对不上啊。"我说。

我们想到，可能曾住在这里的人从作者那里拿来笔记。以前纸很贵，不像现在会随便扔掉，不用来写字也会用来干别的。

这封信是重大发现，可我有点儿失望，我更想住在大数学家的故居里。

那天再没有新发现，妈妈炸面团的香味也从厨房飘来，一直飘到鼻子底下。我们马上冲下楼。我和米丽娅姆到楼下时，那三个"小野人"已经在狼吞虎咽了，啧啧称赞着妈妈的厨艺，妈妈满意地呵呵笑。

我们用鼓鼓的嘴巴商量着要让艾蓓老师看看我们的发现，洛伦佐也要问问他爷爷，看能不能从他爷爷那里得到一些有用的信息。

谁知道会发现什么……

玛丽亚的房间

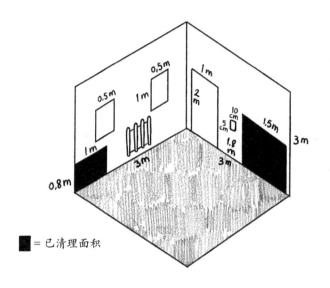

= 已清理面积

玛丽亚真的很聪明，一下就算出了墙壁的面积，但正如她爸爸所说，数学应用于实际时要考虑各种特殊情况。

如果参与人数不规律地变化，问题就复杂了，但也可以解决；如果只是减去一部分面积，那要计算更多，但也相对容易，只需要一点儿耐心和细心。

墙面积	窗户所占面积	门所占面积	电灯开关所占面积	已清理面积 1	已清理面积 2	每人每小时清理面积	参与人数	共需小时数
3×3×4-	0.5×1×2+	2×1+	0.1×0.05+	1.5×1.8+	1×0.8÷	(0.5×	5)	=?

$3 \times 3 \times 4 - 0.5 \times 1 \times 2 + 2 \times 1 + 0.1 \times 0.05 + 1.5 \times 1.8 + 1 \times 0.8 \div (0.5 \times 5) = ?$

$= (36 - 1 + 2 + 0.05 + 2.7 + 0.8) \div 2.5$

$= (36 - 6.505) \div 2.5$

$= 29.495 \div 2.5$

$= 11.798$

如果其他因素不变，清理全部墙纸需要 11 个多小时。小数部分（0.798）以十进制表示，但分钟到小时是六十进制，那要怎么知道 0.798 小时到底是多少分钟呢？

别让玛丽亚算啦，你也来想想吧！

答案

1 小时 = 60 分钟

0.798 小时 = 0.798 × 60 分钟 = 47.88 分钟

11
绝妙主意

"朱塞佩·皮亚诺？"艾蓓老师震惊地瞪大了眼睛，"就是那个朱塞佩·皮亚诺？"她几乎喊了起来，"你住在朱塞佩·皮亚诺的房子里？"

"这人似乎很有名，但我从来没听说过。"伦佐在我们的群聊里说道。

从同学们的反应来看他们也没听说过，尽管他们都是本地人。

这人谁啊？

以前选秀的明星？

我也许在电影里看见过。

朱塞佩·皮亚诺？

小伙伴们是帮不上什么忙咯。

洛伦佐的爷爷知道的也不多，只记得一些信息。

那条山路的尽头曾住着一位著名的意大利数学家：朱塞佩·皮亚诺。他每天下午从都灵步行回家，一路走一路引来在外闲逛、玩耍的小孩儿，他们一路跟着这个怪人。他喜欢和其它人玩儿数字游戏，其中一个游戏非常出名，洛伦佐的爷爷到今天还记得，游戏是这样的：

想三个小于十的数字，第一个乘以100，第二个乘以10，第三个乘以1，加在一起，所得的数即由那三个数字组成。

我试了一下，是真的！

我用的数字是3，8，6

$3 \times 100 = 300$

$8 \times 10 = 80$

$6 \times 1 = 6$

$300 + 80 + 6 = 386$

皮亚诺让这道题广泛流传，洛伦佐的爷爷说皮亚诺还写了许多别的题，有的真的很复杂。不过不是所有题都是他想出来的，有些是过去的著名科学家提出的。

洛伦佐的爷爷有一个朋友，曾住在我家现在的房子里，他小时候很喜欢皮亚诺，后来还成了皮严诺的忠实弟子。皮亚诺去世后。他便继承了师父珍贵的笔记和日记。

这个人后来也去世了，房子的产权就转给了住在都灵市区的远房亲戚。远房亲戚要这个乡村小屋也没什么用，很快就打算卖掉，但他在屋里发现了笔记，又不知道是什么，就拿来补墙上的坑，再贴上真正的墙纸。

"能不能把笔记拿来让我看看？"艾蓓老师大声说，全班同学都好奇地围到讲台边。

老师平复了激动的心情，明白了我家现在的房子并不是她最崇敬的皮亚诺的故居。我们也告诉她那些笔记已残破不堪，但她还是要我们拿给她看看。我不敢要求她去我家，这太不合适，不过有一刻我有点儿犹豫要不要让老师也去铲墙纸。她那么想找到偶像的遗物，应该很快就能铲完，而且会很细致，因为她肯定不愿意伤到珍贵的笔记，哪怕一个角。

"我之前和你说过的那本小书就是皮亚诺写的。"

她对我说，完全不顾旁人。

"他在信的草稿中提到的汉尼拔应该是华伦天奴·汉尼拔·帕斯托雷。这个人是上世纪的意大利大哲学家，他将机械的逻辑和人类的感性融合在一起，把推理和感觉结合了起来，总之是非常了不起的人。据说他曾想制造一种'思考机器'，将人类灵魂感性的一面和理性的一面结合起来。甚至有人说他已经发明并测试了一些新奇的电气设备。这个草稿就可以作为证据。你明白吗？这可是重大发现。"

大家对"思考机器"特别感兴趣，课间还在走廊里和朱利奥讨论，感觉他现在已经是"自己人"了。他说如果真有他肯定马上买，最好可以随身携带，放在书包里，数学测验时偷偷用，就不用一再让他爸爸失望了。

"那计算器也可以啊。"米丽娅姆说。

"不一样，"他回答，"计算器只能算，但得输入正确的数字啊，先要把题目弄清楚，知道用哪些数，考试那么紧张还要保持镇定，我从来都做不到。"

他说的有道理，重点不在于计算，有时确实会算错，但大部分时候大家都能算对，理解问题并推理解决才是关键。

上课铃响了，但艾蓓老师明显不在状态，说话怪怪的，像在梦游，连翻到哪一页、做哪一题都说错了，这可不像平时的她。

威廉忍不住要调皮一下，他突然没头没脑地大喊一句："怎么样？"以为能打断老师的恍惚。

一瞬间教室里鸦雀无声，老师被吓了一跳，说："什么？怎么了？有人说话吗？"

我们忍不住哄堂大笑，艾蓓老师有点儿蒙，不过一会儿就好了，回过神来开始像以前那样上课，分析着各种数学难题。

她正念一道题让我们记，米丽娅姆用胳膊肘碰碰我。

我疑惑地看着她，她眼睛里闪着光，小声对我说："我有一个绝妙的好主意！"

朱塞佩·皮亚诺

　　1858 年 8 月 27 日，朱塞佩·皮亚诺出生在意大利的一个农民家庭。

　　他先在乡下上学，后来好学的他每天步行十公里到市里学习。他很勤奋，成绩一直很好。

　　青年时期他搬到都灵的叔叔家住，开始在大学学习数学，二十二岁毕业。他在数学上的表现非常优异，教授们请他留校任教，从此他一直在大学工作，最终自己也成为了教授。

朱塞佩·皮亚诺很热爱逻辑学，逻辑学是研究数学和其他知识领域正确推理的学科。

朱塞佩·皮亚诺出版了许多著作，并以拉丁文写作。在最著名的作品之一《算术原理新解》（1889 年）中，他列出了五条公理，其中三条已是小学数学[1]的内容：

——1 是自然数；

——每一个确定的自然数，都存在一个确定的后继数；

——1 不是任何自然数的后继数。

朱塞佩·皮亚诺也研究过几何并颇有成就，但他最主要的努力还是分析推理过程，建立缩写符号体系。

因他对数学兴趣无穷，所以创办了一份数学杂志，向当时的学者介绍自己的思想，但他的研究和发现直到许多年后才得到了重视。

后来，朱塞佩·皮亚诺认为人类之间的战争和冲突是因为缺乏沟通，于是决定构造一种简化的拉丁语，作

1　小学数学：这里指意大利小学课本。

为世界通用的语言，并让全世界的科学家首先使用起来。从此他的志趣慢慢集中于创造通用语言，但当时的学者并不把他的努力当真。不过今天倒真有一种语言成为了各领域的通用语言：那就是英语。

皮亚诺特别关爱学生，态度和蔼，乐于助人。

他对儿童数学教育也有研究。

1925 年，他出版了《算术游戏和趣味问题》，旨在让学校里的算术学习变得有趣、好玩儿，尤其对于畏惧数学的孩子们。

1932 年 4 月 20 日，皮亚诺在都灵附近卡沃雷托的家中去世。

数字游戏

洛伦佐的爷爷在儿时的笔记中找到了一些从朋友那里抄来的数字游戏，是朋友去朱塞佩·皮亚诺家"玩儿数字"时记下的。洛伦佐的爷爷让洛伦佐把这些游戏带给小伙伴们。

在玛丽亚的帮助下，其他人明白了数字游戏就像拆装玩具，他们越来越喜欢解题，也喜欢弄清其中的道理。

他们看出某些游戏之所以"神奇"就是因为利用了运算定律。

老师：保罗，想一个数，将其翻倍，加上 3，说出结果。彼得罗你来猜猜原来的数是什么。

保罗：15。

彼得罗：（15-3）÷2=6。

老师：真棒，彼得罗，你有很大进步。

想一个数，将其翻倍，加上 8，除以 2，再减去原来的数，必定得 4。

想一个数，乘以2，加上5，乘以5，加上10，再乘以10，得到的结果减去350，再除以100，肯定会得原来的数。

设原来的数为 n，则有：

$$\{[(2n+5) \times 5+10] \times 10-350\} \div 100=n$$

洛伦佐的爷爷还记得朋友说这最后一个游戏很特别，皮亚诺说是一个大数学家发明的。

我们随便找一个数来试一下，比如当 n=9 时，

$$\{[(9 \times 2+5) \times 5+10] \times 10-350\} \div 100=$$
$$\{900+350-350\} \div 100=9$$

艾蓓老师也来玩儿的话，她肯定会指出这利用了课堂上她给我们讲过的哪些运算定律。

写一个多位数，乘以10，减去原来的数，在得到的差中去掉一位不为0的数，再把剩下的各位数相加，说出来。

由此就可确定去掉的数是多少，因为去掉的那个数加上剩下各位数之和必然是往上数最近的9的倍数。

比如，如果剩下的各位数之和是15，那去掉的那位数就是3，因为15+3=18，往上数最近的9的倍数。

还记得洛伦佐爷爷到现在都还记得很清楚的那个游戏吗？其实这个游戏就是它的变体。我们来试试，简单起见就用玛丽亚的数字。

$$386 \times 10 = 3860 \qquad 3860 - 386 = 3474$$

$$n \times 10 = 10n \qquad 10n - n = 9n$$

所以差其实就是原数乘以9。

能被9整除的条件是各位数相加是9的倍数。

$$3 + 4 + 7 + 4 = 18$$

去掉一位数最多也只能去掉9，于是只要看往上数最近的9的倍数是多少就可以知道去掉的一位数是什么。

比如，我们去掉7：

$$34 \cdots 4$$

$$3 + 4 + 4 = 11$$

往上数最近的9的倍数是18，18-11=7。

12
又被 "奖励"

"算我一个，算我一个！必须算我一个！"

朱利奥最起劲，本来只是米丽娅姆灵机一动，放学时大家一讨论就变成了大计划。

之前米丽娅姆小声说的是："我们做一个吧！"

"做什么？'思考机器'？"我诧异地看着她，"你觉得我们能做出来吗？"

"真的当然不行，假的嘛……那还是可以的！"她满怀憧憬地说，然后又继续做老师布置的题。

课上我们没再多说，到放学才又聊起。

放学后米丽娅姆把大家叫到一起，说出了她的想法：下一个没课的下午在我家见（我家正式成基地了！），一起造"思考机器"。

"用什么材料做呢？"我疑惑地问，

"用废纸箱，我去找。"威廉马上说，"我爸爸是商场仓库管理员，可以把不用的纸箱拿回家。"

"最好找大一点儿的。"米丽娅姆说，她似乎已经想象到"思考机器"是什么样子了。

"装洗衣机那种。"朱利奥附和。

"我可以提供 LED 灯。"洛伦佐兴奋而积极地说,"我妈妈在电器店工作,我让她给我带点儿。"

我也兴致高昂,说我爸爸可以帮我们组装电路,肯定用得到,他什么都能自己做。

"那我能帮什么忙?"朱利奥有点儿失落。

"你出力气,让大家看看你一身肌肉不是白长的!"米丽娅姆打趣,然后又说:"我妈妈喜欢画画,我让她拿点儿颜料。"

"做出来之后干什么用啊?"我突然想到。

米丽娅姆也想到了。她虽然数学没我好,但她特别有创意。她说:"简单啊,老师说圣诞节抽奖要结合一个小小科幻展,这个展要学生自己做科幻展品,我们就用'思考机器'做展品!"

"太好啦!"洛伦佐和威廉又异口同声地说。

"我都等不及啦!"朱利奥兴奋地说,还表示要问问老师能不能加入别的班的小组。

我们约好下周六还在我家见，和之前一样。然后我们带着无限的遐想各自回家，脑子里涌现着各种欢快的念头。

接下来的一整周艾蓓老师都不停地问我们，尤其是我，让我们发现其他有意思的残片一定要告诉她。其实我一直都在刮墙，但什么都没发现。

我抓紧一切时间干活，终于快干完了，够得到的地方基本都清理好了，只剩窗边的一小块儿。

妈妈说暖气片后面对我来说太困难了，于是她就帮忙清理了。晚上我请爸爸帮忙清理高处，他站在小架子上，一直能够到房顶。到周末活儿就差不多干完了。

几天辛劳的最大发现是另一页笔记，可惜只有一页，上面写着非常奇怪的运算。我没法儿整页拿给艾蓓老师看，因为粘得太紧，撕下来时碎了。

我用胶带把碎片拼在一起，但也只复原了一部分。第二天早上我给艾蓓老师看这些"神奇算式"。

$$1 \times 9+2=11$$

$$12 \times 9+3=111$$

$$123 \times 9+4=1111$$

$$1234 \times 9+5=11111$$

$$12345 \times 9+6=111111$$

$$123456 \times 9+7=1111111$$

$$1234567 \times 9+8=11111111$$

$$12345678 \times 9+9=111111111$$

"哇塞!"她眼睛发光,"这太宝贵了!体现的是某些数字的神奇性质。因为神奇,过去许多文明赋予这些数字超自然的神力,比如无中生有、预测未来、显示人类和世界的命运。"

我觉得这样有点儿迷信,不符合艾蓓老师平日里理性、讲逻辑的形象。

老师恳切地看着我,用最温柔的语气说:"把这些残片给我吧,我给全班一个大礼!"

她这话不仅没让我开心,反而让我担心。她上次的"奖励"可是出人意料,虽然让我和同学们熟悉了起来,但再来一次同学们可不会感激我。

我挤出笑容，说送给她就好，礼物就不用了，知音难得嘛！

但她坚持要送，还郑重地说："那怎么行！收到这么贵重的东西当然要表达感激之情！"

第二天，震惊全班的"大礼"来了，艾蓓老师拿着一叠复印资料兴高采烈地走进教室。

今天可真不适合动脑：第一节课伊娥勒老师就出了好多语法题，搞得我们筋疲力尽；体育课被取消了，因为教新项目的老师生病了；课间我还惊恐地发现妈妈在我书包里塞了包装食品。

我习惯了自家做的美食，比如米团裹茄子，妈妈会在周日做好多。我喜欢吃蔬菜，从小就养成了习惯，因为蔬菜是卡拉布里亚传统美食的主要部分，而茄子就是我的最爱。此刻面对像洗碗海绵一样的包装食品而不是美味的帕尼尼，我的心情糟透了。问题不在于味道不好，而是根本没有味道！

我伤心地嚼着广告里的工业食物，又想到了卡拉布里亚朋友们昨晚发的照片。他们拍了好多自拍，吃着一道道美食。那是节日美食会，深秋了依然在露天举行，晚上六点左右开始，一个个摊位摆出各种好吃的：比萨、火腿、奶酪、面包夹辣香肠、烤面包圈、油浸橄榄和蔬菜……我肯定会来点儿茄盒，切成一小条一小条，放上多种调味。再吃点儿蔬菜意面、肉酱意面、酿西红柿、浇汁肉卷、各种肉丸、辣味米团、肉包……最后当然还要来点儿甜品，扁桃仁、水果、巧克力等。大家在夜幕下大快朵颐，乐队在中心广场上演奏。

我怀念地看着照片，口水都要流出来了。现在和新同学也相处得很好，房子也越来越感觉像个家了，我已经等不及要把房间修整完，变成我的小天地，不让吉诺进来打扰。不过看到老家的朋友们开心欢聚，我心里还是有点儿空落落的，工业食物无法填补这种空虚。

这一天已经这么惨了，艾蓓老师还火上浇油。

"怎么了？"她看到我们一脸不情愿，"你们不谢谢玛丽亚吗？她找到了大数学家朱塞佩·皮亚诺的手稿，你们才得到这个礼物啊！"

"谢谢你啊, 玛丽亚!" 大家齐声说, 但都咬牙切齿的, 并没有感激之情, 只有无奈。

同学们盯着老师发下的 "神奇算式", 不知道要做什么。

艾蓓老师可一点儿不含糊: "找出这些算式的秘密!" 然后看到大家一脸愁容又说: "至少先找到前几道乘法算式的奥秘, 这是玛丽亚拿给我的。"

"谢谢你啊, 玛丽亚!" 大家再次用那种无奈的口吻说。

其实同学们该高兴才是, 这次又不用计算, 只要找出背后的规律就行, 弄明白为什么如此神奇, 但显然他们觉得这比单纯的乘法更难。

我感觉大家的目光都投向我, 那我必须站出来, 于是我向老师提议: "要不别像之前那样小组讨论了, 我上去试着讲解吧?"

老师有点儿惊讶, 回答道: "同学们如果, 同意让你讲, 那我也不反对, 反正礼物也主要是给你的。"

我看看其他人, 他们的眼神中完全没有不快, 反而好像在说:"快点儿,你快上去,还等什么!"

我站上去,开始"分解"第一个式子,然后第二个,在旁边把 9 的倍数列出来,用来解释这些"神奇算式"。

我努力了好一会儿,最后大家看起来都明白了(至少装得很像),甚至还为我鼓掌。不过我觉得更多的是因为我挺身而出,而不是因为我讲得清楚。

下课铃快响了,艾蓓老师让我们把另一些皮亚诺"神奇算式"抄在本子上。

"留给你们玩儿!"她说,真是到最后都不放过大家啊。

"这算作业吗?"洛伦佐忧心忡忡地问出了大家都想问的问题。

"算!"她的话,引起一片哀嚎,但她又补充说,"选做作业。"大家一下子从沉重的心情走了出来,长舒了一口气。

我觉得我们小组里除了我没人会做这作业,我们都清楚周六下午要干什么。

数字的魔力

朱塞佩·皮亚诺小册子的开头就讲到了公元前约 500 年古波斯祭司用数字标注病人的器官，组成有规律、有魔力的方格（下文会讲到），以此缓解病情。

在古代，数字能影响自然和生命的观点传播甚广。

和古波斯祭司同时代的希腊哲学家毕达哥拉斯告诉弟子们，以几何方式按奇偶排列的数字是一切事物的基础，以点的形式占据一定空间，组成事物，控制其存在。毕达哥拉斯观察到自然界中的一切和谐而有序的事物，由此得出上述理论。毕达哥拉斯学派还认为整个宇宙都按数学规律运行，而只有少数像他们这样的学者才懂得这些规律。

从古典时代起，认为数字有神力的想法催生了一些现已被归为迷信的学问，比如按出生日期推测人的未来、按彗星经过的年份预测世界的命运，这些在几个世纪前还都非常普遍。当然，现在也很常见，只不过人们知道那不是科学。

在现代，科学和数学有了很大的进步，越来越多以前被视为数字神力的神秘现象有了科学的解释。

不过时至今日依然有人相信某些数字会带来好运而另一些数字会带来厄运，或者预示着什么，比如有人会将梦与数字对应，然后以此去买彩票，希望一夜暴富。

实际上，数学告诉我们中彩票之类的事情不是不可能（不信就去看看吧），隔三差五就会有人中大奖，但概率极低（参与者很多但只有极少数中奖）。某些刮刮乐的中奖概率甚至只有六百万分之一。

我们可以培养对数学的热爱和好奇，同时也不妨保有一些"迷信"，把某个数字视为自己的幸运数字或倒霉数字，因为多次走运或倒霉时都遇到了。纯粹好玩儿而已，不用真心相信。

玛丽亚自认为是"理性"的人，只相信有合理解释的事情，最好是用数学可以证明的事情。

你呢？你觉得自己有幸运数字或倒霉数字吗？

神奇算式

同学们觉得玛丽亚不想从"计算委员"变成"扫帚星委员"才主动要上去讲解朱塞佩·皮亚诺的神奇算式。我们来看看她是怎么讲的。

$$1 \times 9 + 2 = 11$$
$$12 \times 9 + 3 = 111$$
$$123 \times 9 + 4 = 1111$$
$$1234 \times 9 + 5 = 11111$$
$$12345 \times 9 + 6 = 111111$$
$$123456 \times 9 + 7 = 1111111$$
$$1234567 \times 9 + 8 = 11111111$$
$$12345678 \times 9 + 9 = 111111111$$

仔细观察这一系列乘法算式就会发现，第一个乘数的最后一位依次是1，2，3，4，5……而九九乘法表里9的倍数有一个特点：个位数逐个减1，十位数逐个加1。

9 的 倍 数 有：9，18，27，36，45，54，63，72，81，90

$1 \times 9+2=9+2=11$

$12 \times 9+3=108+3=111$

$123 \times 9+4=1107+4=1111$

$1234 \times 9+5=11106+5=11111$

$12345 \times 9+6=111105+6=111111$

$123456 \times 9+7=1111104+7=1111111$

$1234567 \times 9+8=11111103+8=11111111$

$12345678 \times 9+9=111111102+9=111111111$

列竖式计算最后一道乘法就可以知道为什么会这么神奇。

$$
\begin{array}{r}
1\ 2\ 3\ 4\ 5\ 6\ 7\ 8 \\
\times \qquad\qquad 9 \\
\scriptstyle 2\ 3\ 4\ 5\ 6\ 7\ 7 \\
\hline
1\ 1\ 1\ 1\ 1\ 1\ 0\ 2
\end{array}
$$

上方一排数字代表各位进位。按竖式乘法的一般方法，从最后一位开始，$8 \times 9=72$，个位写 2 十位进 7，然后是 $7 \times 9=63$，再加上刚才进的 7，等于 70，于是写 0 进 7。

继续乘下去，各位都是写 1 进位，9 的倍数的个位数和十位数此消彼长。

13
神奇的"思考机器"

　　过去几天洛伦佐和威廉已经开始一起设计"思考机器"。他们来到我家时带着纸板和电线之类的东西。朱利奥也来了，他爸爸开车送他们三个一起来的。他爸爸不仅到了门口，还来家里和我问好。

　　热情好客是我们家的待客礼仪，已经深深融入我们的日常，这一点并没有因为来北方而改变。不过我们还没什么机会招待客人，这次有人来到家里我们马上抓住机会。爸爸妈妈和朱利奥的爸爸聚到了厨房里。他们以前在游泳馆碰见过几次，但现在显然熟悉多了，坐在咕嘟咕嘟的咖啡壶前，桌子上放着一盘杏仁霜甜品。妈妈总会备一些这样的食物用来招待客人的东西。

　　我们没在意他们大人说什么。进房间之前我听到朱利奥的爸爸向我爸爸夸我数学好，同时不知是第几次说他儿子怎么笨。

　　我很不喜欢听到这些话，所以我决定一定要让朱利奥在那天回家之前在数学方面有所进步，给他爸爸看看。

　　洛伦佐和威廉展示了设计图，画得好极了，五颜六色，还有箭头和说明。

"这里我们在纸板中置入线盒，这几处我们粘上LED[1]灯带，开关放在顶上，按一下就亮了。"洛伦佐一本正经地解释着，看得出来他们很认真。

"顶面不开口，保持光滑平整。"威廉说。

"太棒了！"米丽娅姆说，眼里闪着高兴的光，因为她的天才想法就要变成现实了。

"开口的一面放数据指令输入面板。"威廉又补充道。

"好极了！"米丽娅姆兴奋得要飞起来了。

我们一分钟都不想浪费，马上分好工：洛伦佐和威廉在纸板上画开口的地方，并准备好电线；朱利奥的力气终于有了用武之地，他要把材料剪开；我和米丽娅姆负责调颜料。

两位"少年工程师"在带来备用的旧物中找到了一个小风扇，是从旧电脑的散热器上拆下来的。他们把它装在小马达上，用另外的电池供电，由灯光、音效之外

1　LED：发光二极管，是一种常用的发光器件，在照明领域应用广泛。

的第三个开关控制。我从吉诺的发声书上拆下带按键的零部件。我选了《星球大战》的音效，这样听起来就有点儿像宇宙飞船或者机器人发出的声音，神奇"思考机器"就应该是会发出这样声音的机器。

按我们的设计，这个天才的机器能回答一般人回答不了的问题，尤其是数学问题。

我们全身心投入到科幻作品的制作中，不知不觉时间飞逝。有人组装，有人绘画，有人粘贴，每个人都仔细认真地做着自己的工作。我们一刻不停，兴致高昂，沉浸在紧密合作的氛围中。

朱利奥的爸爸离开后，我爸爸也来帮忙，不过男孩子们已经做得很好了，爸爸只是帮忙把"特效线路"和电池连接起来。

机器做完之后我们涂上米丽娅姆带来的荧光涂料试了试效果。合上百叶窗，关上灯，"思考机器"几个字马上显现在黑暗中，旁边还亮着一盏小灯，同样也是用荧光涂料画上去的。我们不禁"哇"的一声发出惊叹。

多么神奇！多么让人兴奋！

庆祝大功告成的最好方式当然就是美餐一顿啦。

最近和爸爸的聊天让我确定他是一个特别好的家长，当然妈妈也不逊色，因为我和朋友们下楼来到客厅时，看到了卡拉布里亚特色炸丸子！我感动得快要哭出来了。这本来是西西里菜，按我们老家的口味改良了，里面包着辣香肠馅儿。妈妈说这次放的馅儿比较少，以免再烫着皮埃蒙特同学的舌头，他们可能不习惯吃这个。

我心里嘀咕妈妈怎么猜到我很想吃这个，她向我眨了下眼睛，瞬间我就明白了。

我不知道父母看子女的手机对不对，我倾向于不对，因为那是隐私。在手机上我们可以向信任的人倾诉秘密，在网上找感兴趣的内容，保存喜欢的照片，也可以写点儿东西乐一乐。然而，我以上的想法似乎并不重要。特别是妈妈要我把手机开机密码给她时，用数学的语言来解释：这是我能用手机的"必要不充分条件"。

妈妈其实挺信任我的，但这也不妨碍她在我上学时看一眼我放在家里的手机，她说是"保险起见"。她一个不怎么懂科技的人，一样可以打开我存的所有聊天记录和心爱照片的手机软件，作为母亲她天生有一种侦探般的直觉。

可能某天她看我手机时看到了我想念家乡，羡慕老家同学可以吃家乡美食、庆祝节日，所以才做了卡拉布里亚特色大餐。这可要耗费不少工夫，要从早上就开始准备。

她做了很多炸丸子，就连那三个"大胃王"都没吃完。她把剩下的打包让他们带回家，给家人也尝尝。这也是我们热情好客的体现之一。

一顿胡吃海塞之后，妈妈端来了自制香柑水。"再来点儿特色的！"边说边给我们倒上这特色饮料，还好大家都很喜欢。大家在客厅休息了一会儿就准备回房间。

这时我给朱利奥看艾蓓老师给我们的神奇算式，包括课堂上已经讲过的，告诉他用了什么数学原理。其他人也围过来，尽管说过不想做数学题却也认真听着。

最后朱利奥把纸折起来，藏好答案，要让他爸爸来讲，讲不出来就可以教他爸爸了。

"反正他肯定会假装不知道，然后让我解释，看我是不是真懂了。"朱利奥太了解他爸爸了，"不过这次我要让他刮目相看！谢谢你，玛丽亚！"他最后认真地说。

"不客气啦，乐意效劳！"我笑着说。

"可惜你不能一直在我脑子里帮我解题。"他感叹道，"也许我真的需要一台'思考机器'。"

"说到这个，"米丽娅姆插话，"我们去看看它吧。"

我们上楼到房间里，看着我们的杰作，五彩缤纷，运转顺畅。按相应的按键会亮灯，会发出音效，小风扇也会转起来，真像是大脑运作时的样子。

"要是真的能思考就好了！"朱利奥感叹。

"就是，"威廉也说，"随便给它一道题它都能答上来，那多神奇！想象一下，我们说：'机器机器，5 加 5 等于多少？'然后它就告诉我们等于多少……"

"10！"那机器突然说。

我们全都吓了一跳。电子声音从开口传出来，这机器真的可以思考！

14
又一个绝妙主意

我们笑得停不下来，笑到肚子都痛了，有人甚至差点儿把刚吃的炸丸子吐出来，也许是因为吃得太多了。可刚才我们吓坏了，尤其是那机器竟然朝我们走过来。

"活了！"洛伦佐吓得大喊。

不过几秒之后我弟弟就笑嘻嘻地探出头来问："答对了吗？"

于是我们都笑弯了腰。

好奇又喜欢到处跑的吉诺趁我们在厨房时钻到纸箱子里，那箱子大得连我们都可以藏进去，何况他，然后他就一直在纸板城堡里开心地玩耍。

他不仅认得许多字，还会简单的加减法。也许他和我一样喜欢数学，也许只是我做什么他都要模仿，反正近来他也对数字兴趣十足。

"答对了啊。"米丽娅姆平静下来后肯定了吉诺，然后又问，"你怎么能发出那种声音？真像机器人。"

"用这个！"小捣蛋鬼拿出一个小玩意儿，放在嘴里声音就会变，像是喇叭里发出的一样。

"卡祖笛？原来如此！吉诺的同学开生日会时送给他的。"我惊喜地解释。

"哔—哔哔—哔哔。"他对着我们发出尖细而搞笑的声音，"朋友们好！"

太好笑了，尤其配上他从"思考机器"的小窗口探出脑袋时那副傻傻的表情。

此时米丽娅姆突然不笑了，若有所思，眼里闪着光，就像上次她想到要造"思考机器"时一样。

"你该不会又有什么鬼点子了吧？"我开玩笑地说。

"你猜对了！"她回答，然后告诉我们她想到的东西。

真是一个绝妙的主意！

周一我们告诉了艾蓓老师，但先让她发誓一个字都不能透露给别人。她答应了，听我们说完也表示这真是一个绝妙的好主意，但需要划定展览时机器能回答问题的范围。

吉诺的无心之举让米丽娅姆想到我们中的一个人可以躲在纸箱里，就像吉诺那样。用布从里面封住小窗口，这样就看不到里面的人。展览那天让大家对"思考机器"
提问，躲在里面的人回答。

"不管谁在里面，都要能答得上来哦。"艾蓓老师
提醒我们，并小心地看看周围，她也不想计划提前暴露。
她觉得肯定能让大家吓一跳，尤其是按计划这个神奇机
器只能专门解答数学题。

不过老师说的对，要缩小题目范围。

我们七嘴八舌地讨论着，大家一致认为在里面的人
如果是我，就不会答不上来。假设机器专门解答数学题，
当然应该是我在里面。

我有点儿不愿意，躲在箱子里就不能享受在新学校
的第一个圣诞节，可惜投票时只有我一人反对，其他人
都赞成，甚至连艾蓓老师也站在其他人那边。

我们想找些新奇有趣的题目，首先排除九九乘法表，
太无聊了。我们想到几何公式，但似乎太容易，也不用
计算，记住就行。我们也想到了抽题，由老师提前准备
好题目，可以从朱塞佩·皮亚诺的小册子里找，写在小

纸条上，抽一个放进小窗口，过一会儿就会得到答案。里面的人只要把所有答案都记住就可以了。不过这样也有缺点，如果题目用完了，就只能不断重复。

"要不出数独题吧？"艾蓓老师说。

我们迷惑地互相看看，不知道她说的数独是什么。

"数独就是一种方格，横向、纵向、斜向相加之和一样。抓住规律就能很快解开，这是一种很好玩儿的游戏。"她解释道。

"是让机器解题还是出题？"我问，"如果是解题，那很明显里面有个人在写；如果是出题，只要吐出一张纸就可以了，也不用出声，那就没有效果了。"

"有道理，"老师看着我说，"我们还得另想办法。"

她说"我们"，代表她认为自己是我们中的一员，那她肯定会帮我们一把，我们可太需要她的帮助了。

大家你看看我我看看你，都觉得要再花点儿时间仔细想想让机器干什么。不过主要的事情已经完成，"思考机器"整装待发！

数　　独

你玩儿过数独吗？行、列、对角线上的数字之和相等。

8	1	6
3	5	7
4	9	2

要构造一个数独，第一步是确定"相加之和"（上图中是 15）。可以用下面这个公式：

$$[n(n^2+1)] \div 2$$

其中 n 是行或列的数目（行列数相等），应用于上图就是：

$$[3 \times (3^2+1)] \div 2 = [3 \times (9+1)] \div 2$$
$$= [3 \times 10] \div 2 = 30 \div 2 = 15$$

我们再来构造一个 5×5 的数独：

$$[5 \times (5^2+1)] \div 2 = [5 \times (25+1)] \div 2$$
$$= [5 \times 26] \div 2 = 130 \div 2 = 65$$

横向、纵向、斜向数字之和都应该是 65。

现在看看如何从 1 开始将各个数字放进格子里，直到把格子填满。这也有很简单的规则。

		1		

		1		
		5		
	4	6		
			3	
		2		

		1	8	
		5	7	
	4	6		
			3	
		2	9	

1. 把数字 1 放在第一行中间格；

2. 每次向上一行、向右一格，依次填入数字，到顶转到最后一行（见第二张图中 2 的位置），到最右转到最左（见第二张图中 4 的位置），如果格子已被占据则放到上一个数下面一格（见第二张图中 6 的位置）。

学会之后就可以把某些格子留空让别人来填，艾蓓老师说的数独题就是这样。

注意：上述方法只适用于 n 为奇数的情况，n 为偶数时更复杂一些。想探索就去探索一下吧，尽情发挥你们对数学的好奇！

15
又是吉诺!

"求你了，拍一张他的照片发群里嘛！"

"你开什么玩笑！那样大家都会打趣我的。"

"你又不喜欢他，你害羞什么啊？"

"因为你们都会乱讲！谁知道我放假回去时你们会怎么说……"

"哎呀，拍一张嘛！"

"看情况吧，有空就拍一张发给你，不过你答应我不能传出去，可以吗？"

"好，好期待！"

"我说看情况，不一定拍哦。"

游泳训练结束之后，我和莉娅聊了会儿天，和她说起了朱利奥的事。进更衣室之前我和朱利奥遇到了，他感谢了我，因为他终于得到了他爸爸的称赞。

他脸上灿烂的笑容打动了我。他被爸爸称赞有我的功劳，不过他自己也努力了，不仅记住了我的解释，也真正弄懂了"神奇算式"，回家吃完晚饭后他讲得头头是道，让父母十分惊讶。

"我爸还在那儿思考，我妈已经放弃了。"他对我说。

"你考他们了？就像艾蓓老师考我们一样？"我问。

"对，我看他们讲不出来还说了句'怎么样'，哈哈哈，你要能看到他们当时的表情就好了！"

"你真厉害！"我说，"不过注意哦，别太入迷，一旦开始喜欢数学就停不下来。"

我不敢说朱利奥真的会变成数学爱好者，但很开心他和我一样也喜欢数学，哪怕就这一次。

朱利奥要用他的方式感谢我。

他游泳比我强得多，于是告诉了我许多加快速度的小窍门。我很高兴地接受了他的建议，互相帮助嘛。我确实在海里锻炼过，但他会的一些技巧我不会。

"首先要控制好身体，在水中要保持水平，减少阻力。不是越用力就能游得越快，要把水的阻力减到最小。另外划水时要稍稍侧身，这样手臂更容易发力。记住头不要抬得太高，手指也不要僵硬，保持自然松弛才能获得最大的推力。"

"慢点儿慢点儿，太多了记不住。"我打断他。

"你实践一下就行，'神奇算式'我也实践了，还考虑了很多你说的'变量'。"

说的没错。我掏出手机记下了他刚刚说的那些技巧。

"就讲到这里吧，等你都掌握了我们再说别的细节。"他最后说，"我们快迟到了，教练对迟到很严厉哦。"

那天我游泳时就试着实践他的建议，刚开始感觉很别扭，后来就顺畅了，身体的控制也越来越自然，果然游得比之前快多了。

晚上，我坐在沙发上给莉娅发消息，无处不在的吉诺又靠了过来。

"你在给谁发消息呢？"他问。

"与你无关！"

"哎呀，告诉我嘛，和谁？"

"真烦人，和莉娅啦。"

"她回你了吗？"

"那是我的事，小屁孩儿！"

"你和她说什么呢？"

还好他就算偷看也看不懂，我继续和好闺蜜聊天，不理他。

没过一会儿他又问："莉娅好吗？别人呢？"

那一刻我真希望房间能修整得快一些，如果有完全属于我自己的空间，现在就可以把自己关在里面，不用一直被打扰。

我决定上楼去安静一会儿，尽管房间还没整理好。

结果无济于事！吉诺又跟了过来，他刚从门后探出小脑袋我就喊："妈妈，你管管吉诺！"

"吉诺，别烦你姐姐！"妈妈在楼下喊道。

"我只不过想待在她身边。"鬼灵精怪的小家伙假装要哭。

"玛丽亚，你先带他一会儿吧，我把手上的事情忙完，马上就来带他。"

我叹了口气，招手示意他进来。他玩儿起了铲子。

"小鬼……来都来了，把最后一块儿墙纸铲了吧，发挥点儿作用。"我随口说，"可别像上次那样伤到自己哦，不然倒霉的就是我了。"

"好，我会注意。"

我继续和莉娅发消息聊天，她坚持要听更多关于朱利奥或小组里其他男生的事情，对我们的"思考机器"却毫无兴趣。

吉诺突然叫了一声："啊！"

我担心地走过去，害怕妈妈又要收走我的手机，但他什么事也没有，那一声尖叫是因为惊讶发出的——他又发现了一页皮亚诺的笔记。

他就喜欢掺和我的事，还好这次结果是好的。他肯定听到过我和朋友们讨论皮亚诺笔记的事情，所以小心地停下了。

我先拍了个照片发到群里，这已经成习惯了。伙伴们马上回复了欢快高兴的表情。

然后我才去看纸上写了什么，可以清楚地看到"月相"的字样，这让我无比好奇，不过完全不懂，猜也猜不出来。

如果真是朱塞佩·皮亚诺的笔记，那应该和数学有关。我想看个清楚，但损毁的部分太多，只剩下很少一部分能看清。开头倒是很清晰：

> 古人用"闰余"解决月相的问题。这种计算在过去曾是基础数学的一部分，现今却完全被排除在学校教育之外，可它是非常有用的算术练习。

计算每一天的月相！当然包括生日那天的月相，这真是让"思考机器"回答的好题目！我可以躲在里面用卡祖笛变声，说出是满月还是新月，上弦月第几天还是下弦月第几天。

但要好好研究一下，可能需要艾蓓老师的帮助才能理解，我要去学校和她讨论。

我沉浸在思绪中，想出了神，完全忘了吉诺的存在。他站在那里盯着我，不知道自己是惹我生气了还是干了件好事。

我微笑着表扬他："我弟弟真是个天才！"好像这

主意是他想出来似的。

他也朝我微笑，然后朝楼下高兴地大喊："妈妈！"

"上面没事吧？"妈妈从厨房里应着。

"没事，我好厉害，姐姐说我是个'天柴'！"

16
神奇机器

"对啊，算月相！"艾蓓老师一听说就激动起来，告诉我皮亚诺笔记上写的就是计算月相的方法，"这主意真是太棒了！"

艾蓓老师把保存大数学家的原稿当成自己的责任，我交给她，她就拿在手中虔诚地左看右看，眼里闪着光。

为了不让她像上次那样出神，我们给她看了在家录的"思考机器"视频。

视频里我按机器上的按键，出一道简单的加法题，吉诺躲在纸箱里，用变过声的声音回答我。

"真棒！"老师非常骄傲，"这会是展会上最好的展品！"之后老师又告诉我们说："校长决定给最佳展品奖励。"

"哇，有奖品啊！"洛伦佐兴奋地说。

"是的，但你们不要传出去，没有公布是因为不想引起过度竞争。不过我觉得你们肯定能赢，作品不仅有创意，也包含了数学和历史。你们真的很厉害，这个机器很有趣。"

我们兴奋地点点头。朱利奥大胆地问老师造机器、想题目能不能计入第一学期的数学平时分，尽管他是后来才加入的。艾蓓老师说她教的班可以（洛伦佐和威廉听到后欢呼起来），不过朱利奥是另一个班的，要由他的任课老师决定，她会去给那位老师说说。

然后艾蓓老师又说："玛丽亚，你藏进去要带一个计算器、一本笔记本和记有必要信息的表格，这样才能答对每个人的问题。"

"卡祖笛也要练练，免得被人听出来。"我说。

我们不是唯一的跨班小组，有人因为家离得近结成一组，有人因为同属于一个运动队，还有人就是因为关系好。

老师在课堂上留了一点儿时间让大家介绍最新的制作情况。我和米丽娅姆、洛伦佐、威廉勉强忍住激动没有说出去，我们的展品真的会非常震撼！

还剩一个周六下午的时间来完善作品。

爸爸帮我们把声音设置成只需要按一个键，就能依次播放所有音效。我们在顶上装了一个旧的电脑麦克风，这样大家问问题的时候就可以对着麦克风说。

展览的这一天终于来了！上午到校后我们还准备了一份海报，上面写着大家一起想的引人好奇的话：

想知道你下个生日时月亮会是什么样的吗？

是上弦月还是下弦月？满月还是新月？

会让那天变好还是变坏？

问问"思考机器"吧，

你就会知道答案！

对着麦克风说出你的生日，按下开始键，稍等几秒即可。

海报的下半部分画着机器的图，再下面是说明。

对照表：

结果	0	1 到 14	15	16 到 29
月相	新月	上弦月	满月	下弦月

为了引起注意，我们利用了大家的好奇心理，希望

结果也能让大家喜欢。

庆祝活动终于开始了，展览在下午开幕。

上午是亲子手工活动，同学们排队抽签，希望能在各种各样的作品中抽到好玩儿的。

还好活动分成上下午，我至少可以参加上午的活动。下午的也想参加，但没法儿像其他人那样在展台之间开心地转来转去，因为要躲在纸箱里。也许这样更有意思，谁知道呢！

展会在学校大礼堂举行。艾蓓老师是组委会成员，给了我通行证，让我可以在开幕之前就进去，因为我得提前藏好。不过我也趁此机会转了转，看看其他组展示的都是什么东西。

这场展会真精彩！有纸箱做的火箭，人可以进去假装参与航天任务；有动物叫声翻译器，可以把小猫的喵喵喵和小狗的汪汪汪翻译成主人听得懂的话，比如"我要吃东西""带我出去玩儿""抱抱我"；有以司机的环保行为和思想为燃料的汽车，既可以保护环境，又可以促进人们的环保意识；甚至还有"智能厕所"，自动调节冲水量，需要时还会喷出除臭剂。

总之真是琳琅满目，又好看又好玩儿，也许以后有人能把它们都变成现实。

只有我们的展品与数学有关，还是唯一能与人互动、能实时工作的。

我钻进"思考机器"里。艾蓓老师给了我一张纸，上面写着计算月相的方法。我们复印了一些给那些想自己试试的同学，教他们用数学去思考，就像"思考机器"一样，或者是像躲在里面的我一样，像小组其他人学会的那样。

看到朋友们和我一样喜欢计算，我真是开心。他们已经不一样了，不是因为学会了计算月相，而是因为头脑里有了新的思考模式。这都要感谢皮亚诺的笔记里提到了"思考机器"，在设计和制造的过程中我们讨论想法，加以检验，看哪些最有效，真正锻炼了大家的数学能力和组织能力。

大礼堂的门终于打开，满怀好奇的大人孩子如潮水一般涌进来，不过没人注意到我不在人群中。

刚开始我们的作品淹没在所有展品中，但有个小孩儿随意地按了下音效键，立刻引来所有人的注意。另一个班的某位同学带着不相信的笑容按指示向麦克风说道："2021年4月15日"，然后按下了开始键。

《星球大战》的音效响起，我快速查阅表格，用从艾蓓老师那里学来的规则计算：

15（日期）+2（月对应数）+15（2021年的"闰余"）

$$15+2+15=32, \quad 32-30=2$$

然后我把卡祖笛放进嘴里，用怪声宣布："新月之后两日，上弦月！祝你好运！"

那位同学十分惊讶，我听到他惊呼："天啊，真的可以！"

一瞬间机器前就排起了长队，所有人都想知道自己生日那天月亮是什么样子。

我在里面听到每一次回答都引来同学们的欢呼。有人想把手伸进窗口一探究竟，有人对着麦克风喊，许多人在猜是真的电子设备还是里面有人，大部分人都认为里面有人。

有些同学可能已经明白了，因为我听到帘子外有好几个人悄悄说："玛丽亚你真厉害！"

但没人直接戳破，那样就太扫兴了。

唯一的纰漏出在了我父母带吉诺来参观，当吉诺问他今年生日那天是什么月相时，爸妈当然什么都知道，但那个小家伙在听到我回答的那一刻就大声问出了致命的一句："妈妈，为什么玛丽亚在学校里吹我的卡祖笛啊？"

还好父母反应快，马上岔开话题："看啊，吉诺，那个火箭真好看，我们去试试吧！"不然就糟糕了。

到了傍晚我已筋疲力尽，但心里非常开心，一切都很顺利。我和洛伦佐、威廉、朱利奥、米丽娅姆约好展会结束后在大礼堂外面见。我走过去的时候他们都上来拥抱我。

　　校长刚刚宣布了投票结果。看展的人都在预备好的选票上勾出最喜欢的展品，然后投进票箱。

　　我们赢了！

计算月相

"闰余"指的是阳历比阴历多出的天数,可用于计算月龄和月相。这个词的拉丁语是 epacta,来自希腊语 epaktos,意为"增加""加数"。

以前人们在小时候就学习计算"月龄",也就是距离上次新月的天数,判断月亮是盈是缺。

一年第一天的月龄也就是这一年的"闰余"(新年第一天距离前一次新月的天数),许多历法(不是所有历法)都会写出"闰余"。

朱塞佩·皮亚诺在他的小册子中解释了如何计算某一天的月相:阴历每月只有29天或30天,而阳历每月有30天或31天(除了2月),因此某天的月龄等于上月此日的月龄加1。于是在朱塞佩·皮亚诺的算法里各月闰余大致为:

1月	2月	3月	4月	5月	6月
0	1	0	1	2	3

7月	8月	9月	10月	11月	12月
4	5	6	7	8	9

于是：

某年某月某天的月龄=（日期+月闰余+年闰余）-30。

如果月龄为0天，则是新月；如果月龄为14天，则是满月。

如此计算得出的月龄与天文计算得出的月龄可相差1天，极少情况下甚至2天，但对日常生活无碍。

比如：1924年12月25日的月龄=（25+9+24）-30=28，接近新月，所以这一年的圣诞夜晚不会被月光照亮。

从皮亚诺的时代到现在，天文计算有所改变，也更加精确。艾蓓老师给了玛丽亚新的算法，玛丽亚也很快明白了如何计算，方法很简单，我们和她一起学一下。

月亮公转一周为一个阴历月，准确地说是29天12小时44分钟2.9秒。12个阴历月为一个阴历年，共354天8小时48分钟。取近似值，一个阴历月为29或30天，一个阴历年为 354 天。

一个阳历月中有 14 天为上弦月，然后是 1 天满月，再 14 天为下弦月，之后是 1 天新月。

要确定某一天是什么月相，只要做简单的加法就可以，需要考虑阴历年和阳历年天数之差。不过这个数字，即年闰余，会由天文学家计算出来告诉我们。

计算月龄只要按以下方法就可以：

日期 + 月对应数 + 年闰余 = 月龄（月相天数）

其中日期指所计算那天的阳历日期。

月对应数是每个月对应的数值，从 3 月（春始之时）开始到次年 2 月，如下表所示。

注意，和大于 30 要减去 30。

月份	月对应数	月份	月对应数
3 月	1	9 月	7
4 月	2	10 月	8
5 月	3	11 月	9
6 月	4	12 月	10
7 月	5	1 月	11
8 月	6	2 月	12

天文学家计算出的年闰余从每年 3 月 1 日起生效，到次年 2 月 28 日（或 29 日）失效。

以下是 2021 年到 2051 年各年的年闰余。

	2021	2022	2023	2024	2025	2026	2027	2028
闰余	15	26	7	18	29	10	21	2

	2029	2030	2031	2032	2033	2034	2035	2036
闰余	13	24	5	16	27	8	19	0

	2037	2038	2039	2040	2041	2042	2043	2044
闰余	11	22	3	14	25	6	17	28

	2045	2046	2047	2048	2049	2050	2051
闰余	9	20	1	12	23	4	15

求和看结果，必要时减去 30。

对照玛丽亚和伙伴们分发的表格就可以知道当天是什么月相。

结果	0	1 到 14	15	16 到 29
月相	新月	上弦月	满月	下弦月

我们来算算 2022 年 1 月 26 日的月龄和月相。

日期（26）＋月对应数（11）＋年闰余（15，因为还没到 3 月，所以按 2021 年的闰余），26+11+15=52，大于 30，52−30=22。

于是 2022 年 1 月 26 日是上个新月之后第 22 天，月相是下弦月。

因为是近似计算，所以有可能月相日期在不同历法中会相差 1 天。

17
过去和未来

12 月的大海依然很美。

阴天之下海天一色，海平线似乎消失了，翻涌的海浪和灰暗的云朵难分彼此。在艳阳高照的家乡，大海和天空会变成两个蓝色的半球，互相倚靠。我和爸爸一起坐在沙滩上看大海，大海更加美丽，我想起比赛谁先游到礁石的约定，想象着暑假再回来时的高兴。

"你和小伙伴们在科幻展上得了第一名！"他大声说，依然望着面前无垠的大海，"这次你站上了领奖台，你做到了。"

"我们得奖是因为作品不仅科幻，还结合了数学。"我答道。

我脸上泛起微笑，想起校长颁奖时小伙伴们的面容，好像慢镜头一样。妈妈正好拍下了那一刻，她把照片传给了我，我可以永远看见那些在一瞬间涌现的惊讶、难以置信、满足、激动的表情。

其实现在不看照片我也清楚记得当时颁奖的场景。我们赢得了一本《算术游戏和趣味问题》，就是艾蓓老师非常喜欢的那本皮亚诺的小书。可能奖品就是她选的，我看到她朝我眨眼睛，一下就明白了。尽管这本书已经绝版多年，她还是想办法弄到了一本给我们当奖品。

艾蓓老师看到洛伦佐、威廉、朱利奥震惊的神情（米丽娅姆在忙着笑话他们），一脸严肃，好像在说："赶紧谢谢校长，别让我在校长面前出丑，否则课堂上算账。"她把这些意思都包含在一声强硬的"怎么样"之中。

那一天以高兴结尾，妈妈在家里组织了一场小型庆功宴，请小伙伴们和家长们都过来，充分表现了自己的好客。家长们也垂涎之前尝过的美味炸丸子，于是都没有推辞，很乐意地接受了邀请，还说要带些皮埃蒙特的特色菜来。

最后小型庆功宴变成了圣诞大餐预演，不仅有皮埃蒙特的特色牛轧糖，还有阿斯蒂的起泡酒。大家欢聚一堂，非常开心。

我的小房间也终于修整好了，爸妈把它装饰一新，作为我的圣诞礼物。我本想好好享受一下新房间，但12

月 26 号我们就开车回卡拉布里亚了。

回老家过圣诞和元旦，情况反转了：我终于可以和一起长大的老朋友们玩儿，但却和北方的新伙伴们发起了信息。我在信息里说："真想快点儿再见到你们，好想你们啊！"

为了不要太想念，我时不时翻看手机里的照片。莉娅好奇心大增，一定要看朱利奥的照片。之前我没发给她，因为不确定她能保密。她把照片放大了好多，然后发出肯定的赞叹。

"只是朋友啦。"我把照片缩回正常大小。

"好吧，这朋友挺帅啊！"她打趣我。

然后她又看了洛伦佐和威廉的照片，说他们也不错，还非要我把联系方式给她。哈米德要了米丽娅姆的联系方式，他很喜欢她的红色大波浪头发。

总之，我不知不觉在两个相隔如此远的城市之间架起了一座桥。搬到新城市一开始很累人，但现在我意识到我很会建立联系，这种能力不仅对所有数学推理不可或缺，对生活和人际关系同样也很重要。

爸爸打断我的思绪："你说你现在游得更快了？"

"是啊，"我回答，"因为听了朱利奥的建议。"

"而且你还长高了几厘米。"他打量着我的身高，"这也对你有利。"

"确实。"我承认。

"你觉得终于能比我先游到礁石了吗？"他挑衅地说，"站上我们的领奖台？"

我看着波涛起伏的海面，两百米之外立着我们比赛的终点，但现在我的目光已经看得比礁石更远。

这几个月来我明白了什么"礁石"都可以超越，向别人敞开心扉就可以适应新生活，不用无谓地害怕不被接受。我发现自己是个特别的女孩儿，比想象中更强大。

不过就算这样我也不敢肯定能游得比爸爸快。我叹了口气，看着他说："看看吧，明年夏天试试看。不过现在我们比比谁先到家，今天妈妈和外婆好像准备了好菜哦！"

"跑吗？"他边起身边问。

"对！"

"好，开始！"他兴奋地喊道，趁我不注意像箭一样冲了出去。

我也飞快跟上。

我紧随爸爸，离镇子越来越近，似乎已经闻到了家里传来的美味香气，于是更有动力。我全力以赴，超越爸爸，把爸爸远远甩在身后。他气喘吁吁，但还不愿意认输。

"帕马森奶酪焗菜蓟，等着我，我来啦！"